徳　間　文　庫

仙左とお勢　裏裁き

悪　逆　旗　本

喜安幸夫

徳　間　書　店

目次

一　二十四年の歳月

一

「ん？　あの女!?」

家移《やうつ》りしたばかりの町で、仙左《せんざ》はすれ違った女人《にょにん》に、思わず低声《こごえ》を洩《も》らした。

腰切半纏《こしきりばんてん》を三尺帯で決めている。いかにも敏捷《びんしょう》そうな職人姿だ。

気になる。

ふり返った。

「えっ」

慌《あわ》てて首を元に戻した。声が聞こえるほどの至近距離ではなかったのに、女のほうもふり返っていたのだ。

視線が合い、女も慌てたように目をそらせた。

行《ゆ》きずりに目の刺激になる、

(いい女)

などと感じたのではない。

(俺より、五年ほどは喰《く》ってやがるか)

仙左はそう踏んだ。

天保《てんぽう》十二年(一八四一)初夏を感じる卯月《うづき》(四月)に入った一日である。

仙左は二十五歳だから、女は三十路《みそじ》あたりか。実際、そうだった。

目鼻が整《ととの》い、品がよく、気位《きぐらい》もありそうに感じられた。

このとき女のほうも、確かに職人姿の仙左を意識した。だから、ふり返ったのだ。

町は江戸城外堀《そとぼり》の四ツ谷《よつや》御門に近い、四ツ谷伊賀町《いがちょう》である。

その伊賀町に移り住むまえ、仙左は府内には違いないが中心部からかなり離れた、東海道《とうかいどう》に沿った芝田町《しばたまち》の一帯に、

「いかーけ、いかけ」

と、触売《ふれうり》の声をながしていた。

「打ちやしょーっ、塞《ふさ》ぎやしょーっ」

と、鉛《なまり》と錫《すず》の合金を溶《と》かし、鍋《なべ》や釜《かま》の穴を塞ぐ鋳掛屋《いかけや》である。

四ツ谷伊賀町へ家移りのきっかけになった日、朝からいつものよくとおる声で芝田町の一帯をながしていた。白壁のつづく大名屋敷から、

「おう、鋳掛屋。こっちこっち」

声がかかった。

一帯は東海道という土地柄から、西国の大名家の中屋敷や下屋敷が多い。町場はそれら屋敷と屋敷のあいだにひしめいている。

鋳掛屋は一度道具類を地に降ろせば、ふいごで小火炉《こかろ》に入れる炭火《すみび》を熾《おこ》し、合

金を溶かし始めるのだから、一日に何度も場所を変えるわけにはいかない。いま声のかかった大名屋敷なら、これまでどおり腰元衆が鍋釜《なべかま》をつぎつぎと持って来て、一日仕事になりそうだ。その日に終わらなければ、火の始末だけして手ぶらで帰り、翌日また来ることになる。鋳掛屋にとってそうした屋敷は、願ってもない得意先なのだ。

裏手の勝手門から紺看板《こんかんばん》に梵天帯《ぼんてんおび》の中間《ちゅうげん》が、

「待ってたぜ。台所の女衆に頼まれてよ。仕事、けっこうありそうだぜ」

と、出て来た勝手門を手で示す。

仙左は鋳掛道具を引っかけた長い天秤棒《てんびんぼう》を担《かつ》いだまま、

「へい。ただいま」

威勢よく返し、中間のあとにつづいた。その屋敷の裏門は、近辺の屋敷の表門ほどに豪壮だ。なるほどいまをときめく老中首座《しゅざ》の水野忠邦《みずのただくに》の中屋敷とあっては、それもうなずけよう。

「では、入《へえ》らせていただきやす」

仙左は慣れた足取りで中間につづいた。

入ればすぐに手入れの行き届いた植え込みに、静かで広い裏庭がつづく。ここなら中間の言ったとおり、かなりの仕事ができそうだ。

その裏庭に歩を踏みながら、仙左は上機嫌《じょうきげん》になり、

「いつも思うんでやすが、お大名家のお屋敷は広くて静かで、ゆっくり時がながれ、ご奉公のお方らも落ち着いて仕事ができやしょうねえ。せせこましい町場の者から見りゃあ、うらやましい限りでさあ」

と、親しく言ったのへ中間はふり返り、

「あはは、そうでもねえぜ。ときにゃあ大きな事件に見舞われ、俺たちゃ非道え《ひで》屋敷へ奉公に上がっちまったもんだと落ち着かず、腰元衆まで一緒に町場の口入《くちいれ》屋《や》の世話になんなきゃなんねえかって話し合った時代もあったってよ」

「へえぇ。こんなご大層なお屋敷でも、そんな時代が……？」

「あったようだ。俺の知らねえ、二十数年もめえの話らしいがな」

二十数年まえといえば、仙左はまだ幼児で、いま話している中間もこの水野家

にいたかどうか分からない。だが、うわさには聞いている。世間を揺るがし、屋敷の者も戦々恐々とした、水野家の重大事だったらしい。

だから中間は、外来の町場の者から〝静かで、ゆっくり時がながれ〟などと言われたものだから、その話を持ち出したのだろう。

仙左は、いまは亡き育ての親から、

「――おめえは武家の出でなあ。屋敷に騒動があって外に出されたのよ」

と、出自《しゅつじ》についてチラと聞かされたことがあり、爾来《じらい》〝武家屋敷の騒動〟には興味を持ちつづけ、仕事もおもに大名家など武家屋敷から声のかかりやすそうなところをながしていた。

屋敷内で機会あるごとに、中間や腰元衆に、

「――どこかのお屋敷で二十数年めえ、大きな騒動があったなんて話は聞きやせんかい」

などと、訊《き》いていたのだが、問いが漠然《ばくぜん》とし過ぎていて、これまで興味をそそられそうな話は聞けなかった。

それがいま、水野屋敷の中間の口から〝二十数年めえ〟が出たのだ。

裏手の台所口に歩を取りながら、

「えっ、このお屋敷で二十数年めえ、なにやら騒動が!?」

つい声が大きくなったときだった。

たまたますれ違った、身分の高そうな藩士から、

「おい、そこの町人。いまなんと申した」

叱責《しっせき》するような声をかぶせられた。

仙左は驚き、中間は立ちすくんだ。

藩士は中間に言う。

「この町人はなんだ。お家の以前に関心を持つとは。このような者を屋敷に入れてはならぬ」

強い口調だった。身許《みもと》を訊くまでもなく、すでに〝このような者を屋敷に入れてはならぬ〟と結論を出している。それができる身分なのだろう。

「へ、へえ」

中間はただ恐縮し、

「すまねえ、鋳掛屋さん！」

と、いま来た裏門のほうを手で示した。なにかの物売りならこのあと、そっと屋敷の裏手に案内することができるが、鋳掛屋では仕事を始めたら屋敷のかなり広い範囲に金属を打つ音が響く。引き取らせるほかない。

「あのお方、ああいうお人なのだ。すまねえ。また日を変えて来てくんねえ」

と、仙左は入ったばかりの裏門から、外に出された。

（なんでえ、まったく）

思いはするが、肚《はら》は立たなかった。武家屋敷とりわけ大名屋敷では、こうした庶民には理解しがたいことがよくあるのだ。

外に出てから藩士が異常な反応を示した〝二十数年めえ〟の騒動に思いを馳せた。もとより仙左はうわさで聞いたに過ぎない。

（確かお大名家の水野さまとかの屋敷。あっ、そういえばさっき入《へえ》ったのは、水野さまの中屋敷だぜ）

と、あらためてそこに思い至った。端《はな》から水野屋敷を目指して行ったのではない。たまたま声をかけてきたのが水野家中屋敷の中間だったのだ。

いつかうわさに聞いただけで、内容まで詳しくは知らない。大名家の揉《も》め事《ごと》は巷間《こうかん》にはなかなか伝わりにくいものだが、そのとき屋敷内ではさきほどの話のように、中間や女中衆まで動揺したらしい。

「――どうなるの。あたしたち給金減らされ、実家へ仕送りができなくなる!?」

「――同輩から浪人が出るかも知れんぞ。俺か、おまえか」

腰元衆ばかりか代々お家に仕える家臣たちも、数人集まれば深刻な表情で声を潜《ひそ》めていたらしい。

文化十四年（一八一七）、いまから二十四年まえのことになる。

藩が実質二十五万石の肥前唐津《ひぜんからつ》から、実質十五万石の遠江浜松《とおとうみはままつ》へ国替《くにが》えになるかも知れないとあっては、家臣から中間、腰元に至るまで、穏《おだ》やかではいられないだろう。それも藩に失態《しったい》があって、幕府から懲罰として移動させられるのではない。藩主がみずから願い出たのだ。

——唐津藩では長崎警備が課せられ、江戸で幕府の要職に就《つ》くことができぬ
これが理由だった。

江戸勤番の藩士らは、数人集まれば、

「——なにゆえ忠邦公は、こうも幕府内での出世を望まれる」

「——あの異常さ、他家の殿さんには見られんぞ」

などと語り合っていたという。

国おもてでは、領民こそ悲劇だった。

藩主の出世欲が強ければ、幕閣《ばっかく》への賄賂《わいろ》も並ではない。それが領民たちに、冥加金《みょうがきん》や年貢《ねんぐ》の重さとなってのしかかっていたのだ。

「——殿さんがお江戸に近い国への転封《てんぽう》を、幕府の偉い人に願い出たそうな」

城のうわさはすぐ町にも百姓地にもながれる。とくにこたびのうわさは、洩れ出るのも広まるのも速かった。

「——ほっ。唐津の殿さんが他のお大名に……」

と、それは領民たちにとっては朗報だったが、藩士にとってはこんな災難はな

い。肥前から遠江へ大移動が待っているばかりか、主家の石高が実質十万石も減るのだ。それは藩士らの禄《ろく》にはね返り、浪人を余儀なくされる者も出よう。新たに水野家が入る浜松の住人らには、きわめて迷惑なことだった。

水野忠邦という大名は、藩士や領民らの声には無頓着だった。ともかくみずからが幕閣の頂点に立ち、

──幕府をおのれの手で動かしたい

それしか念頭になかったのだ。

江戸屋敷でも国おもてでも聞かれた。

「──上役《うわやく》でどなたか、殿をお諫《いさ》めするお方はおられぬか」

と。

いた。江戸藩邸の筆頭家老、二本松義廉《にほんまつよしかど》だ。

だが、諫めて聞く相手ではない。

義廉は悩んだ末、藩邸で割腹《かっぷく》した。諫死《かんし》である。

藩は国替えの準備で多忙をきわめていたときだ。家老の諫死に忠邦は、

「――わしの出世は藩の名誉である。家老が邪魔立てするとは何事か！」

と激怒のうえ、二本松義廉を罪人扱いにし、

「――直系の親族はみな連累《れんるい》じゃ。死罪に処せ」

藩邸の横目付《よこめつけ》に命じた。

忠邦が直接声をかけたのは、若手で石川儀兵衛《いしかわぎへえ》といった。まだ二十歳《はたち》で忠邦への忠誠というより、藩士の動向を探《さぐ》る横目付の責務に、冷酷なほど忠実な人物だった。目が細くていくらかつり上がり、唇が薄く甲高《かんだか》い声を低く落としたもの言いは、その性格をよくあらわしていた。

周囲は危惧《きぐ》した。累の及ぶ直系親族といえば、奥方のほかには六歳の姫と、生まれたばかりで一歳の若君がいた。

二本松家の奉公人や出入りの者、さらに義廉を慕《した》う藩士らの動きは速かった。奥方は自害し、幼い姫と若君の姿は、二本松家の屋敷から消えた。

石川儀兵衛をはじめとする横目付たちが、探索に走った。屋敷を出た幾人かの奉公人は、その後連絡が取れない。出入りのあった行商人や職人は、誰に訊いて

も所在さえ判らない。もちろん義廉と親しかった藩士にも聞き込みを入れた。

「――はて、急なことでなにも聞いておらんが」

と、いずれもが判《はん》で捺《お》したような応《こた》えだった。

横目付たちがいかに奔走しようと、二人の幼子《おさなご》の行方はつかめなかった。二本松義廉の人徳が、二人の子供を忠邦と横目付たちから護《まも》ったのだ。

さらに割腹した義廉の人望から、いかに藩主の忠邦とはいえ、二本松家を断絶にはできなかった。遠縁の者に家督を許し、新たな領国である浜松に追いやった。横目付の石川儀兵衛は浜松にも出向き、義廉の二人の子の行方を探った。見つからなかった。二本松家の奉公人たちは、藩士のなかに隠したのではなく、出入りのあった町人のなかに隠したのだ。

忠邦は石川儀兵衛の報告に言ったものだった。

「かえって好都合ではないか。見つけ次第、人知れず直系の血筋を断つのじゃ」

「ははーっ」

儀兵衛は額《ひたい》を畳にこすりつけ、

「幾年《いくとし》かけましょうと、必ずや御意得《ぎょいえ》まする」

忠邦はうなずいていた。

天保十二年（一八四一）睦月《むつき》（一月）である。三月《みつき》まえになる。

奏者番《そうじゃばん》や大坂城代、京都所司代などの出世街道を進んだ忠邦は老中、しかもその首座になっている。幕閣の最高位だ。二本松義廉諫死のときには二十四歳だった忠邦も、いまでは四十八歳になっている。

忠邦は猟官運動を進めるなかに、むかし諫死した義廉の直系血筋を断てと命じたことなど、すっかり忘れてしまっていた。だが横目付の石川儀兵衛にとっては、それが役務《えきむ》である。いまなお、二人の子の行方を追っていた。藩主が一度口にした下知《げじ》は、その口から解除されない限り、臣下のなかでは生きつづけているのだ。二人の子たちの名は……、町場に隠れ住んでいるのなら、二本松家での幼名はとっくに捨て去っているだろう。

武家地では水野忠邦が幕府の頂点に立ったことから、

「ご老中は改革を意図しておいでじゃ。厳しい時代が来るぞ」

と、数人集まればささやかれていた。

忠邦は去年の暮れから城中で、

「──享保《きょうほう》、寛政《かんせい》の政治《まつりごと》に倣《なら》いたいものじゃ」

と、よく言っていた。

以前の大規模な策に倣い、「天保改革《てんぽうのかいかく》」を始めようというのだ。

町場にもそれはながれる。

「なんだか知らねえが、このさきゃあ住みにくい世の中になりそうだぞ」

商人や職人、さらに百姓衆までがうわさしていた。

仙左が田町の水野家中屋敷から外に出されたのは、そうした天保の改革が始まろうとしていたころだった。

外に出された仙左は、

（あの藩士のお方、なにかで気が立っていたのかなあ。ま、中間さんに、お家騒

動の有無《うむ》をあからさまに訊《き》いたのがまずかったかな）

と、いくらか反省もし、まえまえから思っていたことだが、

（仕事をしながら中間さんや腰元衆に訊く分にゃ、きょうみてえな邪魔は入《へえ》らねえだろう。そのためにゃ、東海道の芝《しば》などじゃのうて、お城に近く周囲に武家地の多い土地《ところ》に家移《やうつ》りしなくちゃなあ）

と、数日後にはそれを実行に移したのだった。

独《ひと》り身《み》で手に鋳掛の職もあることから、どこへ移るにも思い立てばすぐに動ける。それが四ツ谷御門に近い伊賀町であり、町内の枝道で気になる品のいい女とすれ違ったのは、家移りの翌日だった。

それだけに四ツ谷伊賀町は仙左にとって、印象深い町となった。その品のいい三十路女《みそじおんな》とは、このあとすぐ再会することになる。

二

江戸府内で四ツ谷伊賀町といえば、町名からそうであるように、他所《よそ》とはいささか異なった町場になっている。

江戸開府のころ、江戸城から甲州《こうしゅう》に向かう北西方向は防備が手薄だった。だからといって幕府は、いかにも挑発的な出城《でじろ》を築いたりはしなかった。外堀《そとぼり》の北西部分には赤坂《あかさか》御門、四ツ谷御門、市ケ谷《いちがや》御門がならび、四ツ谷御門の外には甲州街道が延びている。そこで四ツ谷御門外の甲州街道沿いに伊賀者を集めて住まわせ、それぞれがさりげなく屋敷を構えた。伊賀者たちの屋敷であれば、それだけで一つの砦《とりで》になる。切絵図にも人の目をあざむくため、武家地とせず町場として記載された。それが伊賀町である。

幕府の治世《ちせい》が安定し町づくりも奏功《そうこう》し、移って来る町人の数も増えれば、やがて四ツ谷一帯は切絵図に〝町場〟と記されたとおり町人が進出し、街道に沿った立地のいい町へと変貌した。

甲州街道からぶらりと伊賀町の町筋に入れば、そこはもう町人たちの住まう町場だが、静かで他の町場のように雑多な活況は見られない。伊賀者の風潮が引き継がれている。江戸開府よりすでに二百年を経た天保の時代でも、町名から想像できる気風《きっぷ》を残しているのだ。だから町内の口入屋《くちいれや》も、武家屋敷への口入れに強かった。そこに仙左は目をつけたのだ。

それに町内には、初期の伊賀者のながれを汲《く》む子孫が、いまなお多く暮らしていた。もちろんそれらは士分で、幕府の役人となる徒目付《かちめつけ》や御小人目付《おこびとめつけ》になっていた。伊賀者の血筋には、ぴったりの役務《えきむ》だ。

目付は若年寄《わかどしより》の差配で、町奉行所の手が及ばない旗本や御家人を監視糾察《きゅうさつ》する役務であり、旗本支配とも言われた。その目付の差配で、実際に奔走するのが徒目付であり、さらにその徒目付の配下となって武家屋敷や町場に聞き込みを入れたり、探索にも奔走するのが御小人目付だった。

育ての親から〝おまえは武家の出だ〟と言われ、出自を探るきっかけを得ようと、商いの場を武家地に向けている仙左にとって、四ツ谷伊賀町は実に願わしい土地《ところ》だった。ねぐらは、町内の五部屋つづきの長屋だ。

初夏を感じる卯月（四月）である。

仙左は新たな土地を早く知ろうと、家移りから三日目に天秤棒に火熾《ひおこ》し道具のふいごや小火炉《こかろ》、炭箱などを提げ、一見鋳掛屋と分かるいで立ちで、

「いかーけ、いかけ。打ちやしょーっ、塞ぎやしょーっ」

触売《ふれうり》の声をながしながら、伊賀町に近い四ツ谷御門の北どなりになる市ケ谷御門の付近をながした。江戸城の城門の近くは当然武家地が広がっている。

ところが市ケ谷御門では江戸城の外堀に沿った往還にしては珍しく、御門前がすぐに繁華な市ケ谷八幡宮の門前町《もんぜんまち》になる八幡町《はちまんちょう》で、その周囲に武家地が展開する地形になっている。鋳掛屋に限らず行商や出職《でじょく》の者にとって、武家地も繁華な町場も近隣にまとまった至便な土地となっている。この市ケ谷八幡町が、四ツ谷伊賀町にねぐらを置いた仙左には、お得意さんのそろった土地《ところ》になりそうだ。

この日はさっそく鍋釜を打つよりも、新たな鋳掛屋の登場を町に知ってもらうた

めの顔見世《かおみせ》のながしであった。

午前中は触売の声とともに武家地をめぐり、繁華な八幡町に向かったのは午《ひる》をいくらか過《す》ぎた時分だった。

武家地を背に、町場に一歩入るなり、

(ん……?)

仙左は足をとめた。

揉《も》め事《ごと》か。前方に人が集まりかけている。いま始まったばかりのようだ。いずれの顔も〝やめろ〟のひと声をかけたいがつい気おくれし、不安そうに見守っている風情だ。

一見して町の遊び人と分かる男どもが三人、袴《はかま》姿に脇差を帯びた、まだ前髪《まえがみ》の武家の子を囲み、手こそ出さないものの、なにやらいたぶっているのだ。武家の子息は戸惑い、遊び人どもを避けようとするが、そのたびに前に立ちはだかる。

少年でもやはり武家か、

「なにやつ」

身構え、脇差に手をかけた。

「ほう、おもしれえ」

「おう、お武家さん。抜けるものなら抜いてみな」

遊び人どもはおもしろがり、武家の子息は、

「むむむっ」

進退窮《しんたいきゅう》した態《てい》になった。

「へへん、お武家さんよう。さあ、刃物なら俺たちも持ってるぜ」

と、遊び人の一人がふところから匕首《あいくち》を鞘《さや》ごとつかみ出し、武家の子の顔前にさし示した。

どこの町場でも町人は、武士の圧迫を感じながら生きている。この遊び人どもも刃物はふところに持っていても、武士には誇示《こじ》できない劣等感を覚えながら日々を渡っているのだろう。

たまたま武家のいたいけない子供が町場に一人で出て来ているのを見つけ、ここぞとばかりに取り巻き、日ごろのうっぷん晴らしにいたぶり始めたようだ。

野次馬の数は増える。だが、このうっぷん晴らしを見て留飲《りゅういん》の下がる思いの表情はない。武家の子は困惑し、遊び人どもはいよいよ得意になっている。

（こやつら！）

仙左はひと足歩《あゆ》み出た。子供相手にうっぷん晴らしをするなど、町人として仙左は恥ずかしい思いになり、三人の遊び人どもに憤《いきどお》りを覚えた。

天秤棒を担いだまま仙左はさらに一歩、武家の子を助けるのではない。

（この卑怯《ひきょう》な下種《げす》野郎どもめ）

三人の遊び人の根性が許せなかったのだ。

増える野次馬たちの視線が、遊び人たちに向かって動きを見せようとする天秤棒の男にそそがれた。それら野次馬たちのなかに、

「あら、あの人……」

小声でつぶやいた女がいた。三十がらみの品のいい女だ。華《はな》やかな衣装と立《た》ち居振《いふ》る舞《ま》いから、一見芸者のようだ。この時分、仕事の帰りかこれから出るところか分からない。この町場が市ケ谷八幡宮の門前町であれば、芸者がお座敷を務

める料亭もある。仙左はその女に気づいていない。

さらに数歩あゆみ出て、

「おう、おめえら。みっともねえぜ」

「なにいっ」

遊び人どもは、野次馬のなかから聞こえた声に驚いたようだ。見れば天秤棒を担いだ鋳掛屋だ。

三人は鋳掛屋に向きなおった。鋳掛屋は天秤棒を担いだまま腰を落とし、一歩も退《ひ》かない構えだ。一対三の喧嘩《けんか》が始まり、天秤棒が振りまわされそうな雰囲気になった。野次馬たちはなにやらを期待し、数歩うしろへ退《しりぞ》いた。

（ああ、またやっちまったい）

仙左は思ったが、もうあとには退けない。

そこへおりよく、

「若さま、ここでやしたか。探しやしたよ」

武家地のほうから年配の中間《ちゅうげん》が一人走り寄り、事態を察したか、

「さあ、早《はよ》うお屋敷へお戻りくだせえ」

と、武家の少年を武家地のほうへいざなおうとする。

遊び人の一人が、

「へん。刀に手をかけ、中間に護《まも》られて逃げ帰《けえ》るかい」

「中間さん、こんな与太ども相手にしねえで。さあ、早う」

鋳掛屋が中間と武家の子に向かい、武家地のほうを手で示した。

相手を失った遊び人どもの矛先《ほこさき》は当然、鋳掛屋に向けられた。

数歩退いた野次馬たちは、この成り行きに固唾《かたず》を呑んだ。さきほどから注視している三十がらみの女も、そのまま鋳掛屋を凝《じ》っと見つめている。

三対一を頼りにしたか、匕首を手にした遊び人が鋳掛屋に一歩近づき、

「てめえ、さっきなんて言いやがった」

「聞こえなかったのかい。みっともねえぜ」

「なにぃ」

遊び人は手にした匕首を抜こうとした。

そのとき天秤棒の鋳掛道具が地面に音を立て、つぎの瞬間、野次馬たちは異様な光景を目にした。鋳掛屋が一本の棒になった天秤棒を手に、身をかがめ遊び人たちのあいだを走り抜けたのだ。

——カシャ

天秤棒がどう動いたか、遊び人の匕首が地に落ちる音とともに、

「うぐっ」

もう一人がどこをどう打たれたか、立ったまま苦しそうにもがき始めた。

鋳掛屋は飛び込みざまに匕首の男の腕を打ち、返す天秤棒でもう一人の脇下をしたたかに打っていたのだ。

打たれなかった遊び人は、野次馬たちの見た光景があまりにも至近距離だったため、かえって見えず、

「あわわわ」

狼狽《ろうばい》の態《てい》をさらし、形勢は逆転した。

野次馬から声が上がる。

「やい、与太の三人組。おめえら町人の恥さらしだ！」

「そうだ！　子供相手にみっともねえ」

「そうよ、醜《みにく》いったらありゃしない」

女の声も聞こえる。

いまこそ野次馬たちは、留飲を下げた思いになっている。町場の者は、仙左とおなじ思いだったのだ。

「さあ、おめえら。どうする！」

仙左は天秤棒を手に身構えた。

鋳掛屋は火を扱う稼業だから、軒下七尺五寸（二・二五米《メートル》）以内での営業はご法度《はっと》になっている。一般の天秤棒は六尺（一・八米）だが、鋳掛屋の天秤棒は寸法を測《はか》るため七尺五寸あった。それだけ長いと鋳掛道具を引っかけてもあとさきの両端が荷より突き出ることになる。そこから、出過ぎたことや出しゃばり者のことを〝鋳掛屋の天秤棒〟と言っていた。仙左は正真正銘の鋳掛屋で、まさに出しゃばりの〝鋳掛屋の天秤棒〟を地で行っていた。

「ううう」

遊び人どもは進退窮《きわ》まっている。

野次馬たちから石がひとつふたつ投げられた。

「うう、覚えていやがれ」

「こんど会ったら、ただじゃ済まさねえぞ」

与太どもの遁走《とんずら》するときの決まり文句だ。三人は人垣をかき分けるように、繁華な町場のほうへ走り去った。

野次馬たちも散り、

「やりなさるねえ、鋳掛屋さん」

声をかける者もいた。

件《くだん》の品のいい女もいずれかに散ったが、その場でしばし首をひねっていた。

(鋳掛屋さんが……、なにゆえあのような修行《しゅぎょう》を……!?)

さきほどの早業《はやわざ》を、単に喧嘩っ早《ぱや》くって自然に身につけたものでないことを見抜いていたのだ。女も、それを看《み》て取《と》れる目を持っていることになる。

この日は鍋釜の底を打つことなく、顔見世だけで陽《ひ》のかたむく時分を迎えたが、遊び人退治の件もあり幸《さい》さきのいいものを感じ、八幡町の町並みに触売の声をながした。

三

ねぐらの長屋は街道から伊賀町の枝道に入り、大ぶりな家屋の裏手にあって、まったく目立たない造《つく》りだ。

この長屋に入って三日目だが、大家《おおや》が他所に住んでいるため住人との引き合わせはまだしていない。だが、仙左を入れて住人は五世帯と少なく、三世帯とはすでに顔見知りになっていた。五歳の男の子がいる大工の家族と、小さなそば屋を息子夫婦に任せた老夫婦、それに八卦見《はっけみ》の爺さんだった。

仙左は一番奥の部屋で、朝夕の時間が合わないのか、まだ挨拶《あいさつ》を交わしていないのは一番手前の部屋の住人だけだった。

（どなたが住んでいるのか。ま、そのうち）

思いながら長屋の木戸《きど》を入り、天秤棒を担いだまま一番手前の部屋の前を通り過ぎた。いきなりその部屋の腰高障子《こしだかしょうじ》が開き、

「ちょいと、仙左さんとおっしゃいましたねえ」

女が一人、言いながら敷居をまたぎ、路地に立った。

名はおそらく三世帯の誰かから聞いたのだろう。

「へえ、さようで」

仙左はふり返り、

「あっ」

と、声を上げた。

長屋の腰高障子を背に笑顔で立っているのは、なんときのう近くの路地ですれ違い〝ん？〟と声を洩らした、あの品のいい女人《にょにん》ではないか。衣装がちょいと派手で、ねぐらにしたばかりの裏店《うらだな》で再会しようとは、瞬時脳裡《のうり》に走った。

――掃溜《はきだ》めに鶴！

その鶴に長幼《ちょうよう》の礼をとり、

「姐《あね》さんっ」

と、仙左は女を称《よ》んだ。

「はい。勢《せい》と申します」

と、相手も仙左を自分より若いと踏んだか、その呼び方を受け入れた。

鋳掛道具の天秤棒を肩に担いだまま、

「きのう、きのうでやした。この近くでお会いいたしやしたねえ。ご覧《らん》のとおり、しがねえ鋳掛屋で……」

長屋の路地で二人は、立ち話のかたちになった。

お勢は言う。

「しがなくなんかありません。きょうも市ケ谷の八幡町でお見かけしました」

「えっ、見てたんですかい。あんなところを」

仙左は恐縮するとともに親しみを覚え、

「ご覧のとおり、長めの天秤棒の出しゃばりでやして」

と、仙左は言いながら肩から天秤棒を降ろし、

「あっしの悪い性分《しょうぶん》で。あんなのを見ると、つい口も手も出したくなるもんで」

「そのようですねえ。したが、あの小さなお武家さんを助けたというより、遊び人たちの無体《むたい》を見かねて懲《こ》らしめた……。あたしゃそう見ましたよ」

このとき仙左は、お勢に一体感を覚えた。そのとおりなのだ。あのとき飛んだ仙左への応援に女の声もあったが、お勢かも知れない。

「あのとき素早く肩から外した天秤棒で、与太さん三人を黙らせなさった。あの技《わざ》はいったい……」

お勢は言いかけて言葉を吞み込んだ。

（鋳掛屋にしては不思議な技）

お勢はそこに気づいていた。だが同時に、初対面から質《ただ》すべきことではないと感じ取ったのだ。

仙左はなにごともなかったように、

「あはは、あれですかい。つい必死になっちまって、まぐれでさあ」

などといかにも軽く返し、お勢はますます仙左への関心を強めた。

仙左も内心、

（そこまで見ていなすったかい。見かけによらねえお人）

と、新たな関心を持った。

この日は立ち話でもあり、双方とも端《はな》から踏み込むのはまずいと判断したか、

「ま、部屋《ここ》で火を熾《おこ》してトンカンやったりはしやせんので」

「ふふふ、すこしくらいなら。うちの鍋もそのうち」

と、話はそこまでだった。

仙左は天秤棒を担ぎなおし奥に向かって数歩進み、ふり返った。

お勢もまた、腰高障子の中に戻ったものの、仙左の背を確かめるように首を外に出し、目と目が合った。

きのうは双方とも慌てて視線をそらせたが、きょうはぴょこりと挨拶を交わした。だが二人そろっておなじ動作を見せたことに、軽い驚きを感じていた。

その後二人は、おなじ長屋ではかえってじっくり話し込む機会はなかったが、

五世帯のみのこぢんまりとしたねぐらでは、数日もすれば立ち話もうわさ話もあり、自然とそれぞれの生活《たっき》が見えてくる。

そのなかでやはり、

（あの人は……？）

と、仙左はお勢に感じるものが少なくなかった。

お勢は当人も長屋の住人たちも言っていたが、芸者だった。最初に会ったときの華やかな感じと、世間離れしたようすからも、

（やはり）

と、仙左は驚くより得心した。

しかもお勢は、芸者は芸者でも一定の置屋《おきや》にも料亭にも属さず、声がかかれば出かける。それも武家のお座敷に好んで出ているようだ。市ケ谷八幡町で仙左の男気を感じる〝鋳掛屋の天秤棒〟を見た日も、八幡宮門前の料亭でひと仕事終えたあとだったのだ。

お座敷ばかりではない。お勢は自分で言っていたが、武家屋敷に数日切り《すうじつぎ》の女

中奉公の口があれば、伊賀町の口入屋の世話で出向いているらしい。それ以外の日々は、町内に暖簾《のれん》を張る茶店の手伝いをしているという。

茶店の名は単純で、伊賀町にあるから伊賀屋《いがや》といった。お勢は伊賀町の長屋に住みついてから三年になるが、伊賀屋では品があって目鼻の整ったお勢を重宝していた。

ねぐらの長屋はこの伊賀屋と背中合わせといえば聞こえはいいが、つまり伊賀屋の裏手にある。文字どおり裏店《うらだな》である。

お勢もまた、仙左の存在を強く意識していた。それがなぜなのか、これについての思考が、一歩も前に進まないのもまた、仙左とおなじだった。

鋳掛屋は火を扱って仕事の場を制限されるから、町場では広小路《ひろこうじ》のはずれや寺社の門前を借りて店開きをする。仙左がまわっているのは、武家地が多かった。白壁の角などに広い場所が多く、そのいずれかでトンカンの音が響き出すと、近くの屋敷の腰元衆や中間《ちゅうげん》たちが穴の開いた鍋や釜を持って来て、小火炉の前にしゃがみ込む。しばし屋敷の外に出て気休めができる。怠《なま》けているのではない。

鍋や釜の穴が塞《ふさ》がるのを待っているのだから、立派に仕事をしていることになる。もちろん世間話もそこに交わされる。

「――ずっと以前でやすが、揉め事で一家がばらばらになったってえ屋敷など、この界隈《かいわい》にござんせんかい」

などと、そこに仙左はさりげなく問いを入れたりする。武家屋敷で一家が離散するほどの揉め事など、太平の世にそうあるものではない。だから仙左は出自を知るきっかけを探るには、数多く訊かねばならなかった。

大名屋敷など大ぶりな屋敷でも、裏庭で火を熾し、持ち込まれる鍋や釜を打っているだけで一日仕事になるが、そうしたときには屋敷の用人《ようにん》に町場の話などをすることもある。そこでもさりげなく仙左は〝ずっと以前に……〟と、揉め事のありなしを話題にしたりする。

そうした漠然とした聞き込みは、なかなか根気のいるものだ。

まったく反応がないわけではない。芝田町の水野家中屋敷では、問いが原因で外に出されたりしているのだ。あの時のことを仙左は、場所が水野家の屋敷で、かつ訊きかたがまずかったからと解釈している。

流血をともなった家督争いなども、ときどき聞くことがある。そのたびに、

(お武家の渡世《とせい》も、町屋以上に厳しいものがあるようだわい)

などと思ったりする。

そこで自分の出自が武家かも知れないとなれば、気の遠くなるようなこの聞き込みを、ますますやめるわけにはいかなくなる。

お勢もまた、お座敷へ上がるのに、武家への関心を示している。

酒宴《しゅえん》のお座敷か、鍋や釜の底にトンカンかの違いはあっても、武家への関心がまた、二人の共通点のようだった。

だが、お勢までなにゆえ武家地にこだわるのか、そこまで話し合ったことはない。ねぐらがおなじ長屋というあいだであれば、路地での立ち話の機会はあっても、じっくり話し合う機会がかえってなかったのだ。

だが仙左は、

(姐《あね》さんとはいずれじっくりと……。この理由《わけ》の分からねえ霞《かすみ》みてえなものを払《ふっ》

拭《しょく》してえ）

その思いを、肩の天秤棒同様、常に念頭に置いている。

お勢もおなじだった。

（八幡町でのあの早業《はやわざ》、武士でも仕掛けられたら防げない……）

それをいつどこで習得したのか、質《ただ》したい思いを常に胸に置いていた。

すでに夏の盛りだ。暑さのせいではないが、仙左は町場での武勇伝が、市ケ谷八幡町での一回きりではなかった。仕事のあいまにときおり俗に言う〝鋳掛屋の天秤棒〟を発揮することがあった。喧嘩っ早《ぱや》くても町場に迷惑をかけるのではなく、それらのいずれもが周囲から感謝されるものだった。

なかには武家を相手にしたこともあった。

やはり市ケ谷八幡町だった。そこが八幡宮の門前町であれば、参詣客のための茶店がずらりと並び、茶汲み女たちが客寄せの黄色い声を競うように上げている一角がある。江戸城の外堀に沿った往還で、茶店が並んで茶汲み女たちが黄色い声を張り上げているところなど、この市ケ谷御門前以外にはない。

それらの茶店の裏手で、仙左は数軒分の鍋の底を打っていた。

すぐ近くの茶店だった。往還に出している縁台《えんだい》で騒ぎがあった。二十歳《はたち》前後の若い武士が二人、これまた十代に見える若い茶汲み女に、罵声《ばせい》を浴びせ始めたのだ。程度のあまりよくない侍《さむらい》が町人を強請《ゆす》る、よくある手口だ。

刀を帯びたまま縁台に腰かける。大刀の鞘《さや》が通路を塞ぐ。茶汲み女がつい鞘につまずく。

「おい女！　武士の魂《たましい》を足蹴《あしげ》にするとはなにごと！　そこへなおれっ」

茶店のあるじが飛び出し茶汲み女を叱りつけ、武士には平身低頭し、茶代はむろん袖の下を包もうとする。おそらく若い武士は二人とも次男坊か三男坊で、生涯《しょうがい》家督は継げず、一生屋敷の厄介者《やっかいもの》で終えねばならない部屋《へや》住《ず》みの者であろう。その鬱憤《うっぷん》を町人相手に晴らそうとしているのか。憐《あわ》れといえば憐れだが、明らかに理不尽な難癖《なんくせ》だ。

さて〝鋳掛屋の天秤棒〟の出番だ。仙左は町場の歴《れっき》とした職人だが、〝おまえは武士の出〟と言われていることから、かえって武士による町人への理不尽は許せなかった。

このとき騒ぐ武士の前に飛び出たのは、茶店のあるじだけではなかった。長い天秤棒を構え、仙左も飛び出ていた。腰を上げ騒いでいた若い武士は、瞬時に肩を天秤棒で打たれ、尻もちをつくように縁台に崩れ込んだ。周囲の目には武士がふたたび縁台に腰を下ろしたように見えたろうか。天秤棒はさらに、若い武士が刀の柄《つか》に手をかけたままのかたちで押さえ込んでいた。武士はその手が動かせない。仙左は耳元にささやくように言った。

「申しわけありやせん。この天秤棒が勝手に動きやして、つぎにはおまえさまの首の骨を砕《くだ》くかも知れやせん」

押さえ込まれた者も仲間の者も、武士であれば一応の心得はある。

「ううっ」

「こ、これは！」

と、なんらかの技をかけられたことを覚《さと》った。

仙左はさらに言う。

「お引き取りくださいやせんか」

若い武士は返した。周囲に聞こえる声だった。

「相分《あいわ》かった。おい、引き揚げるぞ」

「うむ、承知」

二人の武士は、

「以後、気をつけよ」

と、悠然とその場をあとにした。

茶店の被害は、茶代を踏み倒されただけに終わった。

お勢が芸者姿のまま、その茶店でひと息入れたのは、仙左が茶店の仕事を終え伊賀町に帰ったあとだった。若い茶汲み女や茶店のあるじたちが、お勢に嬉々《きき》としてそのときのようすを話した。

お勢はそれが仙左で、また天秤棒でなんらかの技をかけたことを覚り、なぜか誇らしい気分になった。

お勢が伊賀町に帰ったのは、陽が西の端に沈もうとしていた時分だった。仙左はすでにひとっ風呂《ぷろ》浴びて部屋でくつろいでいた。

一番手前のお勢が、わざわざ一番奥の部屋まで足を運ぶのは珍しい。

「聞きましたよう。またあの技、かけなさったね。見たかったですよう。それに町場の遊び人だけじゃない。お武家に対しても理不尽は許さない。出来ることじゃないですよ。茶店で話を聞き、あたしゃもうハラハラしましたよ」

実際、そうである。町場で町人が武士を相手にひと騒動など、およそ考えられない。町人は町場で武士に出会っただけでも、いかに係《かか》り合《あ》いを避けようかと用心深く生きているのだ。茶店の近辺の者はまさにそのとき、仙左の命知らずの所行に、ハラハラどころか寿命が縮まる思いで見守ったのだった。

仙左はまた言った。

「姐さんにまで言われたんじゃ、またまた恐縮しまさあ。つい前後の見さかいもなく飛び出しちまって。あれもまた、たまたまのまぐれでさあ」

お勢は敷居を入って三和土《たたき》に立ち、仙左は取付《とっつき》の部屋にあぐらを組み、向かい合っている。

「でもねえ、お武家の理不尽を派手にたしなめるのもいいけれど、気をつけてくださいねえ」

「へえ、まあ」

と、仙左とお勢はうなずきを交わした。たまたま三人の遊び人のときと場所はおなじだったが、二人は武家に対しても、あるいは武家だからいっそう、町衆《まちしゅう》への理不尽が許せないという、おなじ意識を持っていることを確認したようだ。

お勢はそれを頼もしく思うと同時に、深い憂慮にも感じた。武家の理不尽を憎む思いが、やがてのっぴきならない事態を呼び込みそうに思われたのだ。

四

そうした仙左に、身近で目をつける者がいた。おなじ伊賀町にこぢんまりとした武家屋敷を構える、徒目付《かちめつけ》の野間風太郎《のまふうたろう》だった。

いかにも頼りなさそうな〝風太郎〟という名は、目付支配の危険な現場に奔走する徒目付にはふさわしくない。齢《よわい》すでに不惑《ふわく》（四十歳）で、風貌も温和で落着きのある人物に見える。

徒目付の家系に次男として生まれ、親は学問か詩歌《しいか》の道を歩ませようとしてこの名を付けたようだ。実際、当人は幼少より詩歌に興味を持ち、とくに漢詩を得意とし、やがて学問の道に進むかに見えた。ところが二十歳《はたち》で兄の病死により家督を継がねばならない事態になり、徒目付の役務《えきむ》を背負ってしまったのだ。

それから二十年、徒目付というより武士として武張《ぶば》ったところがまったくないまま、役務をなんとかこなしてきた。飄々《ひょうひょう》としたようすは徒目付として頼りないのではなく、むしろ隠密行《おんみつこう》の必要な探索には、同輩より成果を挙げていた。

仙左が長い天秤棒を肩に、お勢たち長屋の住人に、

「きょうは四ツ谷御門の内側をながしてくらあ」

と、声をかけたすぐあとだった。

長屋の木戸を出て街道に足を向けたところで、

「おい、仙左。話がある」

と、野間風太郎から声をかけられた。

風太郎は徒目付という役務柄からか、あるいは武家のしきたりのうっとうしさを嫌ってか、外に出歩くときも中間《ちゅうげん》など供の者は連れず、単独の場合が多かった。いまもそうである。

「あ、これは野間の旦那。なんでやしょう」

仙左は鋳掛道具の天秤棒を担いだまま、頭をぴょこりと下げた。

しばらくまえになるが、町内の路上でお勢と立ち話をしていたところへ二本差しの風太郎が通りかかり、お勢から引き合わされ、

「――こちらの旦那には、いろいろお世話になっておりましてねえ」

と、お勢は言っていた。

芸者姿のお勢と天秤棒を担いだ職人と武士の立ち話になったが、こぢんまりと

した武家屋敷と町場が混在する伊賀町では、奇異な光景には見えない。

「きょうは仕事から早めに帰って来んか。ここで待つ」

と、目の前の角に見える茶店の玄関をあごでしゃくった。お勢がよく手伝いに出ている茶店の伊賀屋だ。

あまり大きくない木札が玄関の柱にかかっている。街道から入ったばかりの往還に縁台《えんだい》を出しているので、看板がなくても茶店と分かる。伊賀屋は暖簾《のれん》を入ればそこにも縁台があり、そばなどの簡単な腹ごしらえもできる。さらに履物《はきもの》を脱ぎ廊下に上がれば、板敷に板戸だが六畳ほどの部屋が四部屋も並んでいる。武家や商家の者が宴会ではなく、談合などに使う造《つく》りになっている。

「へえ。なんの話でやしょう。ともかくきょうは、陽が高《たけ》えうちに帰《けえ》ってめえりやす」

仙左は返し、街道に出ると、

(徒目付の旦那が、俺になんの用だい)

期待もまじえながら、四ツ谷御門内の武家地に向かった。

お勢から野間風太郎を引き合わされてより、飄々としてまったく強くなさそうな徒目付が気になっていた。お勢は〝旦那にはお世話になって〟などと言っていたが、実際はその逆で、お勢が風太郎になにかと合力《ごうりき》しているようだ。仙左はその風太郎に、

（武家屋敷とつながりを持つのに、役に立ちそうな……）

と、強烈にではないが思いはじめていた。

陽が中天を過ぎ、かなり西の空に入ってかたむきかけた時分、

「へい、申しわけありやせん。あしたまた来させてもらいまさあ」

と、仙左は四ツ谷御門内の武家地での仕事を早めに切り上げた。よくあることだ。多くの鍋や釜を持ち込まれ、その日のうちにできないこともある。そのようなときはいつも〝へい、あしたまた〟ということになる。

伊賀町に戻ると、ひとまず天秤棒の鋳掛道具を長屋に置き、手ぶらで茶店の伊賀屋に出向いた。

いつも外から眺めるばかりで、中に入るのは初めてだ。一番奥の部屋に通された。案内役はすでに顔見知りの仲居《なかい》だ。手前の部屋が空き部屋になっている。それだけで仙左は緊張を覚えた。談合で他に洩れては困る話をするときなど、こうした部屋の配置が取られる。となりから盗み聞きされるのを防ぐためだ。

部屋に入り、ここでも驚いた。これから案内役の仲居が野間屋敷に走るのかと思ったら、町方の同心よろしく地味な黒羽織の野間風太郎がさきに来て、座布団にあぐらを組んでいた。それにあと二人、町人髷《まげ》でいくぶん小太りな商家のあるじ風の五十がらみの男が二人、同座している。この二人も仙左はお勢から引き合わされており、すでに顔と素性を知っている。お勢は仙左が早くこの町に溶け込むよう、それなりに動いているようだ。

そのお勢は来ていなかったが、商人風の一人はこの茶店のあるじ伊賀屋伊右衛《いえ》門《もん》で、もう一人は伊賀町の口入屋《くちいれや》で甲州屋甲兵衛《こうしゅうやこうべえ》といった。伊賀町の茶店だから伊賀屋、近くに甲州街道が走っているから甲州屋と、まったく意外性のない屋号だ。伊賀屋は個別の談合に適した造作《ぞうさく》で、甲州屋は武家地への口入れに強いという特徴をお勢から聞いており、武家屋敷へ短期の奉公に上がるとき、いつも甲州屋を通していると言っていた。

そうした特徴がこの伊賀町にあるから、仙左は家移りして来たのだが、風太郎に座に着くよううながされ、部屋のみょうな雰囲気に気づいた。お勢は仙左に、その〝みょうな雰囲気〟の原因をまだ話していなかった。

板敷だから一人ひとりに座布団が用意されていて、仙左が恐縮したように座布団の上に端座しようとすると、この茶店のあるじの伊右衛門が、

「まあ、固くならず、わたしらとおなじあぐら居になりなされ」

「そう、そのほうが話しやすいでなあ」

と、おなじようなもの言いで口入屋の甲兵衛がつなぎ、

「そういうことだ」

風太郎が言う。

商人二人のほうが年配者とはいえ、武士である風太郎の前であぐらを組んでいる。奇妙な光景だ。だが、なぜかそれがここでは自然に感じられる。

「へえ」

　と、仙左も端座しかけた足をあぐら居に組み替えた。

「それでいい」

　と、風太郎はうなずくように言い、仙左にはここに伊賀屋伊右衛門と甲州屋甲兵衛のいることの理由が分からないまま、座は用件に入った。

　風太郎が言う。

「お勢から聞いたが、おまえはなかなか筋を通す男のようだなあ。それに鋳掛仕事も武家地をもっぱらにしているとか。これは直接確かめさせてもらった。八幡町で武家の子を救ったことも、茶店で理不尽を働こうとした若い部屋住みらしい侍をうまくいなしたこともな」

　かたわらで伊賀屋伊右衛門と甲州屋甲兵衛が、事情を知っているようにうなずきを入れている。

（このお人ら、いってえなんなんだろう）

　と、仙左にはまだ疑問が解けない。

その伊賀屋と甲州屋がこの場にいるのが当然のように、風太郎はつづけた。

「そこでだ、おまえが武家地を仕事の場とするなら、もっとしやすくしてやろうと思うてなあ」

「しやすく？　あっしの仕事は、トンカンの音を立てりゃ、お客がついてくれやすが」

「それはおまえの鋳掛の腕が確かだからだろう。その鋳掛仕事だけで武家地をまわるのは、わしの目から見りゃあ、ちょいともったいのうてなあ」

「へえ」

仙左は野間風太郎の、名のとおりの柔和な顔を見つめた。

その視線に風太郎は返した。

「つまりだ、わしの御小人《おこびと》にならぬかということだ」

「えっ!?」

仙左は驚きの声を上げ、あらためて風太郎の顔を見つめた。伊賀屋伊右衛門も甲州屋甲兵衛もうなずいている。

仙左は町場の職人だが、大目付が大名支配で目付が旗本支配であることくらいは知っている。さらに目付の配下で現場に奔走する徒目付がいて、その下でうわさ集めや聞き込みに走る御小人目付のいることも知っている。

——その御小人目付になれ

と、風太郎は言っているのだ。

（さあ、いかに）

伊賀屋伊右衛門と甲州屋甲兵衛が、視線を仙左に向けている。

仙左は言った。

「ああ、あっしら町場の者も知ってまさあ。お武家支配のお目付さまは、町方でいやあ奉行所の与力《よりき》の旦那にあたり、野間の旦那が務めておいでのお徒目付《かちめつけ》さまは町方の同心《どうしん》にあたり、御小人目付たあ同心の旦那の手足になる、岡《おか》っ引《ぴき》に相当するってえことも……」

「ピタリではないが、そう解釈してもいいだろう」

「武家屋敷へ暫時《ざんじ》住み込む必要が生じたなら、私がうまく口入れするから、そこに心配はいりません」

言ったのは、お勢がよく世話になっていると言っていた、口入屋の甲州屋甲兵衛だった。

「えっ」

仙左は甲兵衛に視線を向けた。

すかさず風太郎が言った。

「ああ、さっきから伊賀屋さんと甲州屋さんがこの場においでなのを怪訝《けげん》に思っているようだが、お勢からまだ聞いていなかったか。伊右衛門どのも甲兵衛どのも以前は、町方でいえば奉行所の同心にあたる徒目付でなあ。俺の先達《せんだつ》ということになる」

「えっ、さようで」

仙左は驚きとともに、得心したように返した。

茶店の伊賀屋伊右衛門が言った。

「そういうことでしてな。表舞台を退いてから、甲兵衛さんとこうして茶店と口入屋を町内で開き、現役の徒目付を助《す》けておりますのじゃ」

なるほど伊賀屋伊右衛門と甲州屋甲兵衛は、それぞれの屋号を地名から取ったというより、自分たちの名前にも合わせていたようだ。これなら目付に係り合いのある者が見れば、すぐそれと気づくだろう。

それに、さすがは元徒目付だ。伊右衛門も甲兵衛も元徒目付らしからぬ小太りの体形はみずからつくったか、立《た》ち居《い》振《ふ》る舞《ま》いも言葉遣《づか》いも、まったく商家のあるじになっている。風太郎は二人に対しいくぶん遠慮したもの言いだが、それはこの場だけのことで他所ではあくまで武士と商人の言葉遣いになっていることが容易に想像できる。

それらを瞬時に覚《さと》り、

「うーむむ」

仙左の胸中は動き、

（おもしろいかも知れねえ）

思えてきた。

「どうですかな、仙左さん。私らから見ても、おまえさんならきわめて至便《しべん》で有能な御小人になると思いますよ。町方でいやあ、岡っ引です」

口入屋の甲州屋甲兵衛が言った。鋳掛屋できわめて自然にどの屋敷にも入れることを言っているのだろう。なるほど徒目付から見れば、是非配下に置いておけば〝至便〟であろう。

考えた。

伊右衛門も甲兵衛も、凝《じ》っと仙左を見つめている。

風太郎が催促するように言った。

「おまえは喧嘩《けんか》っ早《ぱや》いようだが、なあにわしの配下であれば、白刃《しらは》の下をくぐるような危ない真似はさせない。それは安心しろ。どうだ」

「うーむ」

興味はある。

「さあ、悪い話ではなかろう」

風太郎は催促する。

仙左は数呼吸を思案に費《つい》やし、言った。

「お断わりしまさあ」

「なんと！」

風太郎は声を上げ、伊賀屋伊右衛門も甲州屋甲兵衛も、

（意外……）

といった表情になった。

町場に暮らし山《やま》っ気《け》があり、悪《あく》の道にもいくらか精通している者にとって、奉行所の同心から耳役《みみやく》を命じられ、いわゆる岡っ引になるのは夢である。伊右衛門も甲兵衛も、さらに風太郎も、仙左がせっかくの御小人目付の話を断わるなど、思いもしなかったようだ。

仙左が伊賀町に家移りまでして武家地をながしているのは、二十数年もまえに武家地であったと思われるお家騒動のうわさを求めてのことである。そこに〝あの鋳掛屋は徒目付の手先〟などとのうわさが立っては、本来の聞き込みがやりにくくなる。

この場の雰囲気に向かって仙左は言った。

「つまり、その、あっしは心置きのう鋳掛の仕事がしてえので、へえ。そこへ御小人目付などと大それた肩書などもらった日にゃあ、名前負けしてかえって鍋の底が打ちにくうなりまさあ」

「うわっはっはっは」

茶店の伊賀屋伊右衛門がいきなり豪快に笑い、

「これは参った。お勢さんとおなじことを言う。お勢さんはお座敷ではお客に心置きのう楽しんでもらい、この茶店でも、あくまでお客さまに親切な仲居《なかい》でいとうございますから……と、言うておった」

お勢も以前に風太郎たちから御小人目付の口を持ちかけられ、うまくいなしたようだ。それでいて甲州屋や伊賀屋と良好な間柄《あいだがら》を保っている。

「そうでした、そうでした。鋳掛屋と芸者の違いはあっても、仕事への思いはおなじようです」

口入屋の甲州屋甲兵衛も、仙左の弁を肯是《こうぜ》するように言った。

お勢も風太郎たちから声をかけられ、いまの仙左とおなじようなことを言って遠慮したようだ。

（ほう、お勢さんも）

仙左は思い、さらにつづけた。

「御小人目付たあ、あっしにゃ荷が重《おも》うござんすが、それが世のためになるんでやしたら、武家地出入りの鋳掛屋として、そのつど合力《ごうりき》させてもらいまさあ」

「ますますお勢さんとおなじだ」

口入屋の甲州屋甲兵衛がつなぎ、風太郎はうなずいていた。

お勢もそのとき、必要に応じての風太郎への合力は承知したようだ。

そのことをまだお勢は仙左に話していなかったが、知り合ってから一月《ひとつき》では、秘密めいた御小人目付の話などしないほうが自然であろう。それに二人はまだ、来《こ》し方《かた》や行《ゆ》く末《すえ》について、語り合ったことがないのだ。ただ仙左は、

（どういうことだ。俺とお勢さんの生き方が、こうも似ているってえのは……）

その思いを強くした。

やがてきょうのことはお勢の耳にも入るだろうが、そのときお勢もおなじことを思うだろう。お勢はすでに武家屋敷の腰元衆や町場のお座敷などで、なんらかの聞き込みを入れるなど、風太郎に合力しているのだろう。風太郎、伊右衛門、甲兵衛のこのときのようすからも、お勢が聞き込みに長《た》け、じゅうぶんな働きをしていることが感じられる。

（及ばずながら、あっしもそうさせてもらいやしょうかい）

この場の雰囲気に、仙左はあらためて思いを定めた。

五

やがてといわず、さっそく翌日、声がかかった。

きのうとおなじ夕刻近く、四ツ谷御門内の武家地での仕事から戻ると、長屋に野間家の下男が来て、きのうとおなじ伊賀屋で風太郎が待っているという。

「ほう、そうか」

と、天秤棒と鋳掛道具を長屋に置いて伊賀屋へ向かおうとすると、野間家の下男は長屋の木戸の前に立ったまま、案内に立とうとしない。

「どうしなすった」

「へえ。もうすぐお勢さんも帰《けぇ》っておいでですでやしょうから、ここで待ちやす」

「ほう、そうかい。ならば俺はさきに」

と、雪駄《せった》に履き替えた足で伊賀屋に向かった。すぐそこである。

歩を踏みながら、

（はて）

仙左は首をひねった。

さっき下男は〝もうすぐお勢さんも帰って〟と言った。

（徒目付の野間風太郎は、そこまでお勢さんの日常を把握しているのか）

ならばお勢さん、

（御小人目付と変わりねえぜ）

自分のこれからにも、係り合いのあることだ。

（いや、野間の旦那はこの日のことがあって、お勢さんにここ数日の都合を訊いていたのだろう）

と解釈し、伊賀屋の玄関前に立った。

きょうも一番奥の部屋で、手前が空き部屋になっている。

風太郎のほか、伊賀屋伊右衛門と甲州屋甲兵衛が部屋にいた。

「さっそくきのうのおまえの言葉を頼りに、御小人目付ならずとも、手を貸してもらおうと思うてな」

風太郎は言う。

仙左は商人姿の二人に視線を向け、

「伊賀屋の旦那も甲州屋の旦那も、まったく商家のお人のようにしか見えやせんが、お目付の仕事はつづけておいでなんでやすねえ。さすがでさあ」

「あはは。さすがというより、私らは隠居後もこの町に住み、目付衆の足溜《あしだま》りになる茶店と、武家屋敷に奉公人を世話する口入屋を開きましたのじゃ」

伊賀屋伊右衛門が鄭重《ていちょう》な商人言葉で語ったのへ、甲州屋甲兵衛もおなじ商人言葉でつないだ。

「私らはもう仙左どんをお勢さんとおなじ、御小人でなくとも合力の人と見なしておりますから」

「さようでやしたかい」

と、仙左は得心したように返した。

ふすまの向こうに衣擦《きぬず》れの音と足音が聞こえた。

「さっそくきょうでしたか。仙左さんはもう来ておいでとか」

言いながら廊下からふすまを開けたのはお勢だった。

男ばかりの部屋にお勢が加わると、座は花が咲いたように明るくなる。しかもお座敷の帰りか芸者姿だ。風太郎は待っていたように、

「こたびの仕事は、川向うで本所《ほんじょ》の三百石取りの旗本屋敷だ」

柔和な顔に似合わず、さっそく徒目付としての用件に入った。

こうした集まりはよくおこなわれているようだ。現役の風太郎が座長で、隠居した二人は先達であっても、現在の役務に従った姿勢であり、言葉遣いである。

そうしたようすをお勢は先刻承知のようだが、

(さすが目付に係り合う集まりだぜ)

仙左はあらためて思い、普段は〝風〟の字にふさわしい穏やかな表情で飄々としている風太郎が、毅然とした雰囲気に包まれているのにも、

(頼もしいぜ)

と、感じ入ったものである。

風太郎はつづけた。

「標的は松波作兵衛《まつなみさくべえ》と申し、俺より五歳若い三十五歳だ。まずお勢だが、屋敷内で腰元衆からあるじ作兵衛の評判と日常を探《さぐ》って欲しい。これについては甲州屋さんから」

さすがに先達に対してか、屋号に〝さん〟をつけている。

「はいはい、お勢さん」

と、口入屋の甲州屋甲兵衛は物腰柔らかく応じ、

「例によって、十日切《とおかぎ》りの腰元の口入れをさせてもらいましてな」

十日間の短期奉公の口を決めて来たと言う。

旗本は禄高《ろくだか》に応じて奉公人の数が定められている。イザ将軍家の馬前にというとき、伴《ともな》える足軽《あしがる》の数を常時奉公人として抱えておかねばならない。内向きの腰元衆もそれに準じておよその数が求められる。だが太平の世にあっては、そうした緊迫感はすでにない。平時から数をそろえておくなどは無駄《むだ》である。

だから屋敷によっては員数不足が常態となり、査察や冠婚葬祭のときなど、親しい屋敷同士で奉公人の貸し借りをし、その場だけの数合わせをするのが常となっている。緊急でその準備のかなわぬとき、一日切りや半日切りといった短期奉公を、甲州屋のような口入屋に頼むことになる。

お勢は返した。

「はい。いつものように屋敷の雰囲気をつかみ、同輩となったお人たちから内々のうわさを集めればいいのですね」

「さすがお勢だ、頼もしいぞ」

風太郎が言ったのへ仙左が、

「そんならあっしゃ梵天帯《ぼんてんおび》に木刀を差した中間《ちゅうげん》さんに化け、松波屋敷とやらの中間部屋に潜《もぐ》り込めばいいんですかい」

と、風太郎と甲兵衛の顔を交互に見た。仙左があぐら居のまま上体を前にかたむけたのは、やる気十分になっているのを示している。

甲兵衛は言う。

「いや、仙左どん。腰元とお中間を同時にというのは、ちょいと無理でした。むろん、そうした例はいくつもあり、強引に押込むこともできます。したがこの稼業は先方の都合に合わせてこそ、自然を扮《よそお》うことができますのじゃ」

「ほう、さようですかい。そんならあっしはなにを」

と、仙左は視線を、着ながしに黒羽織の風太郎に向けた。

「おまえにはのう、近辺で鋳掛の仕事をしてもらいたい」

「えっ、それだけですかい」

仙左は風太郎の言葉に物足りなさそうに返した。

「これはのう、目付のありかたに関わる、大事な仕事なのだ」

と、風太郎は真剣な表情で前置きし、

「本所の武家地でのう、松波屋敷はそこにある。周囲は旗本屋敷ばかりだ。その一帯に鋳掛の声をながし、鍋や釜を持って出て来た中間や腰元衆に……」

「分かりやした。つまり近辺で松波屋敷の評判を集めろってんですね。お安いご用で、へい」

仙左は風太郎の言葉が終わらないうちに言った。

お勢と仙左のあいだに連携すべきことはなかったが、松波屋敷の内と外でおなじ目的の仕事に就くことになる。二人は顔を見合わせ、仙左が問いを入れた。

「その松波ってえお旗本は、お城でどんな役職に就いていなさるので？」

「それはまだ知らぬほうがいい。ただ松波屋敷では家督の引継ぎがあり、新たな当主になった作兵衛どのは、当面は小普請組《こぶしんぐみ》だ」

風太郎は言った。小普請組とは、つまり無役《むやく》である。

作兵衛なる者が家督を継いだものの、その家系の役職に作兵衛がふさわしいかどうかの探索のようだ。まさに徒目付や御小人目付の仕事ではないか。仙左のこ

の推測に、伊賀屋伊右衛門と甲州屋甲兵衛も軽くうなずきを入れ、

「お勢さんはもう慣れていて、仙左どんも万事呑み込みが早いようです。いい組合せになりそうですなあ」

茶店の伊賀屋伊右衛門が言ったのへ、風太郎は満足そうにうなずいた。

外はもう暗くなっていた。二人は伊賀屋の裏手の長屋に帰り、

「あしたから十日ばかり、松波屋敷から鋳掛の声がかかるかも知れやせん。そのとき伊右衛門旦那のおっしゃったとおり、屋敷内で姐《あね》さんに出会《でお》うても知らんぷりでとおしやしょうかい」

「そう。お互い、顔も知らぬと」

路地で確認し合い、それぞれの部屋に消えた。

六

翌朝早く、長屋に甲州屋の番頭がお勢を迎えに来た。十日切りの奉公では、屋

敷での目見《めみ》えにわざわざあるじの甲兵衛が出向くこともない。何年にもわたる奉公なら甲兵衛が出向き、女あるじである奥方に挨拶を入れるが、短期切りでは番頭か手代が出向いて女中頭《じょちゅうがしら》にひと声かける程度だ。

長屋を出るとき、仙左は目をこすりながら路地に出て来て、

「それじゃ姐さん、向こうでまた会うこともありやしょう」

「はいな、そのときは言ったとおりに」

お勢は返した。きのうの艶《あで》やかな芸者姿とは異なり、三十路では町娘とはいえないものの、ちょいと小綺麗で清楚な町場のおかみさんを扮《こしら》えている。雰囲気を変えてしまうだけでも、お勢はかなりの役者のようだ。

二人の会話に番頭が、

「これこれ、お二人さん。甲州屋《うち》の甲兵衛が話したはずですよ。お屋敷でばったり顔を合わせることがあっても知らぬ同士で、と」

言い聞かせるように言ったのへ仙左がすかさず、

「へえ。だからお勢さんはそれをよろしゅうに、と」

「そうなんですよう」

お勢も相槌《あいづち》を入れ、

「さすがはお勢さん、仙左さん、徒目付のお手先にピタリでございますねえ」

甲州屋の番頭は、すでに二人をそう見ているようだ。

四ツ谷から川向うの本所はかなりの距離で、行商人の日帰りにはいささか遠すぎる。日本橋や神田、四ツ谷から見れば、大川《おおかわ》（隅田川《すみだがわ》）の向うは感覚的に江戸の外である。だが実質的には本所深川《ふかがわ》は江戸の内だ。番頭がお勢の足に合わせても、午前中には松波屋敷に着くだろう。それから十日間、お勢はその屋敷に住み込むことになる。

お勢が出てしばらくしてから、仙左も鋳掛道具を天秤棒に引っかけ、

「おう、行ってくらあ。ちょいと遠出でなあ。帰《けえ》りはいつになるか分からねえ」

長屋の住人に声をかけた。

大工の女房が腰高障子《こしだかしょうじ》から顔をのぞかせ、

「精が出ますねえ。お気をつけて」

珍しいことではない。出向いた先で仕事が混《こ》み、日暮れてから天秤棒を担いで帰るのが面倒になり、そんな日は町の木賃宿《きちんやど》にねぐらを探すことになる。仙左にとって聞き込みは慣れているが、御小人ではないものの徒目付への合力は初めてである。おもしろいより、緊張を覚えていた。

お勢たちはすでにかなり前を進んでいる。道すがら甲州屋の番頭は言った。

「こんなこと、これから入り込む人に言わないほうがいいのですが、あのお旗本は新たな役務にふさわしいかどうか、疑問になる点がおありだそうで。屋敷内からお目付に差口《さしぐち》（密告）がありましてなあ」

お勢も聞き込みに慣れており、差口の内容が事実かどうかを探るのが、こたびの役務らしい。それ以上のことは番頭も聞かされていないのか、この話はそこまでだった。

二人が松波屋敷に着いたのは、午《ひる》すこし前だった。

鋳掛の声をながしながら、周辺をまわることになっている仙左も、

「――つまり、なんですかい。その屋敷にまつわるうわさなら、なんでもいいから聞いておけと……、そういうことでござんすね」

と、きのう伊賀屋の奥の部屋で念を入れていた。

事情を知らないほうが、目標の屋敷の全体像をつかみやすいことを、徒目付たる野間風太郎は心得ているのだ。

午前《ひるまえ》に松波屋敷の裏門を叩き、女中頭《じょちゅうがしら》に引き合わされたお勢が、まず感じたのは、

(暗い。沈んでいる。こんなお屋敷、いままでなかった)

である。思わずかたわらにつき添った番頭に視線を合わせると、番頭もかすかにうなずいた。

(おもしろそう。やりがいがあります)

お勢は目で番頭に言った。

番頭は解したか、屋敷の者に分からぬよう、あらためてうなずきを見せた。そ

の番頭が屋敷を辞した瞬間から、お勢の仕事は始まった。

（さあて、蛇が出るか鬼が出るか）

お勢は胸中に身構えた。

甲州屋に戻った番頭は、あるじの甲兵衛に報告した。

「さすがお勢さんです。屋敷の裏門を入るなり、その気になったようです」

「だから風太郎どのはお勢さんを指名したのでしょう。それを仙左どんが補佐する。こたびの仕事は、それほどに大事なものですからねえ」

甲兵衛は言った。

お勢はその日から腰元仕事に就いたが、女中部屋が同僚三人との相部屋なのが好都合だった。表向きは腰元といっても、仕事は掃除洗濯の女中であり、相部屋は慣れている。

屋敷の探索に入ったという緊張感は捨てた。そのほうが自然で仕事がやりやすい。数人が一緒に寝起きする女中部屋では、黙っていても同僚たちがぺちゃくちゃと喋《しゃべ》ってくれる。自分から積極的に訊くのはかえって不自然であり、警戒されることにもなる。

屋敷に重苦しい圧迫感があるのは、息抜きのできる女中部屋で感じられた。

一日が終わり、同僚一同が部屋に顔をそろえたとき、

「あなた、そう若くはないようだけど、十日切りでいいわねえ。お屋敷の必要に応じ、あちこちをまわっているのかしら」

と、お勢とほぼ同世代の、古参《こさん》らしい女中が訊いてきた。

〝そう若くはない〟は余計だが、〝十日切りでいいわねえ〟には、他の腰元たちも真剣な顔でうなずいた。すでにそこを、お勢は見逃さなかった。

若い二十歳前後の腰元が言った。この屋敷には三、四年になるらしい。

「あたしたちの年季なんて曖昧《あいまい》だし、あなたのような短期も落ち着かないし、早《はよ》うどこかに移りたい。きょうあすにも」

「あたしも。町場の実家に、いまからでも帰りたい。まだ年季が一年も残っているのが恐ろしい」

まだ十代と思われる腰元が後をつないだ。おそらく商家の娘で、行儀見習いで

武家の屋敷奉公に上がったのだろう。商家では武家奉公の一時期があれば、嫁に行くにも箔《はく》がつくのだ。

「まあまあ、あなたたち。十日切りの人の前で、あすからの先行《さきゆ》きが不安になるようなことは言わないの」

お勢と同年配らしい女中が、この部屋でのまとめ役のようだ。その女中の話で十日切りの理由が分かった。

当主の作兵衛が家督を継いでからすでに半年近くになるらしく、まだ小普請組で役職に就いておらず、三十五歳で奥方もいるが子はないらしい。屋敷内が不安定であることが、そこからも分かる。

おそらく気の滅入《めい》る作兵衛が気晴らしであろう。近いうちに友人知人を屋敷に招いて茶会をするらしい。茶会といっても、午《ひる》に始まり夕刻近くには宴会に変じる。呼ぶのは気心の知れた数人で、日程は近いうちにというだけで、まだ決まっていなかった。屋敷に腰元一人と中間《ちゅうげん》一人が足りない。気心の知れた相手でも武家の面目として、奉公人の数がそろっていないことは知られたくない。そこで

松波屋敷の奥方が伊賀町の甲州屋に、十日切りの腰元を依頼したらしい。そこで遣《つか》わされて来たのが、

「あなたです」

と、お勢と同世代の女中は言う。

中間二人が足りないのは、日が決まったときに知り合いの屋敷から半日切りで借り受けるように、松波家の用人がいずれかと話をつけているそうな。才覚のある用人なら、即座にそのくらいのことはする。

(だから仙左さん、お中間さんでこのお屋敷に入れなかったのね)

などとお勢は得心した。屋敷の用人は、なかなかやり手のようだ。それで仙左は松波屋敷の周辺をながし、外から探りを入れる次第となったのだ。

「いかーけ、いかけ。打ちやしょーっ、塞《ふさ》ぎやしょーっ」

よくとおる声で口上を述べ、調子を合わせて釜の底を金槌《かなづち》で叩きながら近辺を廻《まわ》れば、町場ならそれだけで、

「きょうはどこで店開きかね」

と、おかみさんたちが鍋や釜を手に出て来る。

武家地では全体がゆったりとし、場所選びに苦労はしない。

（ここ数日は、一つのお屋敷だけにならねえよう頼むぜ）

などと普段とは逆のことを念じながらがし、目串《めぐし》を刺《さ》していた白壁の角に天秤棒を降ろした。そこから首を伸ばせば、松波屋敷の裏門が見える。

莚《むしろ》を広げ、四ツ谷から用意して来た火種《ひだね》を小火炉《こかろ》に入れ、火吹き竹で炭火を熾《おこ》しているうちに、屋敷のお女中が鍋釜を持って来る。鋳掛の声と音を聞いてから屋敷内で穴の開いた鍋釜をさがし、女中頭に話して出て来るのだから、それだけでけっこう時間がかかる。

近辺の屋敷から二、三人も腰元が出て来れば御《おん》の字だ。一度出て来た腰元で、あとでまた来るからと鍋釜を置いて屋敷に戻る者はいない。多くは小火炉の前にしゃがみこみ、鍋釜の穴に熱した錫と鉛の合金をあてて金槌や木槌でなめらかに打って穴を塞ぐ作業を、

「おもしろそう」

「器用ねえ」

と、見ている。もちろん見ているだけではない。普段は顔を合わせない他の屋敷の同業と一緒になれば、

「ちょいと、聞いた？　あそこのお屋敷……」

などと他の屋敷のうわさ話が始まる。

腰元たちは自分の持って来た鍋釜の穴が塞がるまで、他の屋敷の同業とのお喋りに興じる。仕事で出てきているのだから、仕上がるまで帰る必要はない。いわば屋敷でこうした仕事は、息抜きの格好の場を得たことになるのだ。だからどの腰元も、嬉々として穴の開いた鍋釜を持って来る。

松波屋敷の裏門が見える所で店開きをしたのは、午《ひる》すこし前だった。すぐには誰も来なかったが、午過ぎになると一人二人と来て、いまは三人が小火炉の前にしゃがみ込み、それぞれの愚痴を語り始めている。

仙左は一心不乱のように鍋の穴にあてた合金を叩いているが、神経は耳にも注いでいる。腰元たちはトンカンの音に負けじと、声が大きくなる。人通りのない

武家地の往還では、心置きなくお喋りができるのだ。

三人はひとしきり自分の屋敷の愚痴を言い立てたあと、

「あたしたち、お頭《かしら》さまやご用人《ようにん》さまが少しくらいきつくっても、松波さまのお屋敷に比べりゃあねえ」

「そうそう。あそこはねえ」

お頭さまとは、女中頭《じょちゅうがしら》のことだ。どの屋敷でも腰元から下女まで女の奉公人を束《たば》ねるのは女中頭であり、若党や足軽、中間など男の奉公人は、士分で二本差しの用人が差配している。

仙左は鎚《つち》を小きざみに打ちながら、

(ほっ、松波屋敷が出たな)

と、いよいよ耳にも神経を集中した。

一人が言っていた。松波家の向うどなりの腰元のようだ。

「塀を乗り越えるから、一日だけかくまってよ。あとはその足で町の口入屋さんに駈け込むからって。それも真剣な顔で。あたし、ほんとうにお頭さまに話しちまも、お中間《ちゅうげん》が逃げて来たなら、かくまってもいいような口ぶりだった」
「一日くらいなら、女中部屋にかくまっても目をつむりましょうって。ご用人さ
「お頭さまはなんて？」
やった」

松波屋敷はすでに、まともな運営ができていないようだ。
徒目付の野間風太郎が知りたがっているのは、その原因であろう。
鍋の底を打つ手を止め、
『なぜですかい』
などと訊いたりしない。ここでのトンカンは、これから十日もつづくのだ。
この日、松波屋敷のうわさはこれだけだった。あとはぺちゃくちゃと、日々の
仕事の内容や食べ物の話になった。
すでに陽が沈んだ。
「さあ、あしたもここで店開きしまさあ」
と、小火炉の火を落とした。

武家地を出て町場の木賃宿をさがした。

翌日もおなじところに商売道具を降ろし、朝のうちから近辺に声をながし、

――カーン、カンカン

と、釜の底を打つ。

小火炉に炭火が入ったころ、おなじ所に二日目となれば、

「あら鋳掛屋さん、きのうも来てましたよねえ」

「音、屋敷の中まで聞こえてましたから」

と、腰元衆が二人、三人と来る。三日目、四日目となれば中間たちも加わり、いよいよ話題は多岐《たき》にわたる。

松波屋敷がふたたび話題に上ったのは、四日目だった。この間、木賃宿住まいで伊賀町には帰っていない。木賃宿はこうした職人や行商人が相部屋に寝泊まりし、喰い物は自分で火を熾《おこ》し煮炊《にた》きをする。宿に払うのは部屋代とかまどの薪代《まきだい》だけで、だから木賃宿という。

腰元衆も中間たちも、松波屋敷の同業たちに同情し、眉《まゆ》をひそめるが、具体的

な話はそこからまえに進まない。

金槌のあい間に仙左は、

「松波さまのお屋敷といやあ、あそこでござんすね」

と、あごで松波屋敷のほうをしゃくり、

「なにか困ったことでもありますので？」

さりげなく問いを入れた。

他所から来た者に問われ、その場に緊張が走った。

（まずい）

仙左は思い、ふたたび鍋の底に音を立て始めると、腰元の一人が仙左に対してではなく同業の者に、

「あのお屋敷の腰元とお中間さん、ご法度《はっと》に背《そむ》いて密会なんて、濡《ぬ》れ衣《ぎぬ》らしいってよ。それで成敗《せいばい》だなんて……」

「そう。それ、あたしも聞いた。騒ぎの原因はお殿さんで……」

腰元衆の会話に中間が加わり、

「それで俺たちの同業が一人、命を奪われてよ。非道《ひで》え、非道えぜ！」

切歯扼腕《せっしやくわん》の態《てい》となった。

座に、重苦しい沈黙がながれた。

仙左は耳にも神経を集中し、鍋の底を打ちつづけた。

松波屋敷になにやら重大事件があったようだ。重大であればあるほど、詳しい話は洩れにくい。腰元衆と中間たちの話も、別の話題に移った。

（このさきは屋敷内のお勢さんに任せるとして、俺はひとまず野間の旦那に途中報告といくか）

その日の太陽が西の空にかたむきかけた時分、仙左は鋳掛道具を木賃宿に預け、伊賀町に戻った。

密会、濡れ衣、成敗、命を奪われた……等々。色っぽいのを通り越し、なにやら血なまぐさい事件ではないか。

（お勢さん、そんな屋敷に一人で潜《もぐ》り込んで大丈夫か）

なにやら心配になってくる。甲州屋に、その相談もしなければならない。

すでに暗くなっていた。予告なしで戻ったにもかかわらず、茶店伊賀屋の奥の一室に風太郎と伊右衛門、それに口入屋の甲州屋甲兵衛も顔をそろえた。

行燈《あんどん》の灯《あか》りのなかで仙左は語った。

腰元衆や中間たちが話していた、濡れ衣らしい密会から中間が成敗された話まで、釈然としないうわさの数々である。座敷に集まった三人は凝《じ》っと聞き、仙左が話し終えると互いに顔を見合わせ、

「差口《さしぐち》に間違いはなさそうですな」

言ったのは、野間風太郎だった。伊右衛門も甲兵衛も、得心したようにうなずいている。

「差口って？　それの内容は？」

「知らぬほうがいい。知らずに聞き耳を立てたから、そこまで聞き出せたのだ。ようやってくれた。礼を言うぞ」

仙左が訊いたのへ、風太郎は返した。

さらに仙左は言った。

「お褒《ほ》めくださるのはありがてえのですが、濡れ衣だの命を奪われただのと、松波屋敷は想像以上に危《あぶ》ねえようでさあ。そんなとこへ、お勢さん一人で入り込ませて、大丈夫ですかい」

風太郎たちも差口が事実だったらしいことに衝撃を受け、お勢の身を案じはじめたようだ。

口入屋の甲兵衛が言った。

「あしたにでも私が見てまいりましょう」

「おお、そうしてくださいますか。仙左もあした一緒に出かけ、甲州屋さんから中のようすを訊けばよい」

風太郎は言い、

「そりゃあいいや。甲兵衛旦那、そうさせてくだせえ」

と、仙左は二つ返事で応じた。

二　二人の義憤

一

「それじゃ甲州屋さん。お勢のことだから、うまくやってくれていると思いますが、くれぐれも無理はしないよう言っておいてくだされ」

と、二本差しの野間風太郎が、商人姿の甲州屋甲兵衛と職人姿の仙左を送り出した。伊賀屋伊右衛門も一緒に見送った。番頭や手代ではなく、あるじの甲兵衛が直接出向く。仙左の途中報告から差口《さしぐち》に粉飾のないことが判ると、かえって風太郎は本所の松波《まつなみ》屋敷に送り込んだお勢の身が心配になったのだ。

道すがら、仙左は甲兵衛に言った。

「ともかくあの屋敷は、聞きしに勝《まさ》る非道《ひで》えところのようで。お勢さん、大丈夫でやしょうか」

「あの人は場数《ばかず》を踏んでいる。そう無理はしないはずだ」

「ならいいんでやすが」

話しながら、本所の松波屋敷に着いたのはその日、午《ひる》すこし前だった。

甲兵衛が裏門に訪《おとな》いを入れ、仙左は外で待った。

中に入った甲兵衛は用人《ようにん》と女中頭に、

「奉公人の人数は足りておりましょうか。お勢の働きはいかがでございましょうか」

と、揉み手で御用聞きを装《よそお》い、さほど時を経ずして屋敷から出て来た。

「どうでやした」

と、問いかける仙左と路上での立ち話になった。

甲兵衛は敢《あ》えてお勢に会わず、女中頭にようすだけを訊いた。陰《かげ》ひなたなく励み、周囲から重宝がられているという。お勢に危険は迫っておらず、順調に仕事をこなしているようだ。

「まずはひと安堵《あんど》じゃ。伊賀町に帰ってからの報告が楽しみです」

と、甲兵衛は言う。

松波屋敷の茶会は、あしただという。甲兵衛は用人の太井五郎市《ふといごろういち》に、あした一日《いち》
日切《にちぎ》りの中間の用はないかうかがったが、

「あした朝早くに、知り合いの屋敷から半日切りで三人ばかり借り受けることになっているそうな」

「あっしが中間部屋に入《へえ》り込《こ》む余地はねえ、と」

「そういうことだ。三十がらみで何事につけ、抜け目のない用人のようだ」

「へえ。で、屋敷の雰囲気はどうでしたい」

「ああ、用人さんやお女中頭の表情によう似て、ピリピリしてござった。おまえさん、言ってたねえ。腰元や中間たちが、屋敷を逃げ出したがっている、と」

「言いやした。そう聞きやしたもんで」

「まさにその雰囲気だった。あと数日でお勢さんは帰って来ます。それまでおまえさんは近辺でトンカンやって、松波屋敷に異変が起こらぬか気を付けていてくだされ。野間どのにもそう言っておきますよ」

と、路上での口入屋と鋳掛屋のやりとりはそこまでだった。

お勢は女中頭から甲州屋甲兵衛が来たことを聞かされ、会わずに帰ったのは、あと数日気を付けて聞き込みを入れよとの指図《さしず》だと解した。

それに合わせた仙左の仕事も、あと数日だ。

(お勢さんなら屋敷内で、俺が外で聞くより詳しく聞き込んでいるはず)

そう思えば仙左は、鍋や釜の底にトンカンの音を立てながら、野間風太郎と伊右衛門、甲兵衛たちの前でお勢と一緒に仕事の成果を報告する日が待ち遠しくなってきた。その報告は、お城の目付や若年寄《わかどしより》まで上がっていくのだ。

その日が来た。

いつもの茶店伊賀屋の奥の一室だ。十日目の奉公を終えてから戻って来たのだから、伊賀屋に全員がそろったのは、夜もけっこう更けた時分になっていた。部屋に行燈《あんどん》が二張《ふたはり》据《す》えられている。顔ぶれは風太郎とお勢、仙左、それに伊賀屋伊右衛門と甲州屋甲兵衛の五人だ。

最初に口火を切ったのは、

「お勢さん、どうだったたい。内側のようすは」

と、仙左だった。外から中のようすを聞いておれば、その真相に風太郎たち以上に興味が湧いてくる。まさに心境は御小人目付だ。あぐら居のまま上体をお勢のほうにかたむけた。

風太郎たちの視線も、お勢の矢羽根《やばね》模様の腰元衣装に向けられている。

「まっこと、驚きました」

と、お勢は話す。

「あのお屋敷の奥方は、いったいなんなんでしょう。おいでになるのやらならぬのやら。他とは隔絶された武家屋敷の中とはいえ、殺しが公然とおこなわれていたとは」

「それが、濡れ衣だと？」

と、仙左。

お勢が応《こた》えている。

「ただでさえご用人さんの締め付けが厳しいなかに」

「それはあっしも聞きやしたぜ」

と、また仙左。

お勢はつづける。

「腰元衆から聞きました。奥方にお子がいないのをいいことに、あるじの松波作《さく》兵衛《べえ》は外に女を囲《かこ》い、それにも飽《あ》き足《た》らず、屋敷内で腰元に手をつけようとし」

「ふむ」

風太郎はうなずきを入れた。差口の内容もそうだったのだ。

「作兵衛が目を付けたのは、十五歳のお腰元でした」

「なんと！」

甲州屋甲兵衛が声を上げた。そのようなところへ、お勢を送り込んだのだ。

「ところが若いお腰元に騒がれ、こともあろうに作兵衛はお腰元をその場で斬殺してしまったのです」

「うむむっ」

うめき声は風太郎だった。密閉された武家屋敷内で、自制心のないあるじが腰元に手を出すのは、ときおり聞く話だ。それの真偽《しんぎ》を確かめるのも徒目付と現場に聞き込みを入れる御小人目付の仕事である。騒がれて殺すなど、あってはならないことであり、前代未聞《ぜんだいみもん》だった。

お勢の言葉はつづいた。

「奉公人のお人ら、いずれも声を震わせておいででした」

「分かる」

と、伊賀屋伊右衛門。

「その処理に、太井五郎市なる用人があるじ作兵衛のために一計を案じ、十五歳の腰元がご法度に背《そむ》いて男と密会を重ね、ゆえに成敗した……と」

「相手は？　それがまったく濡れ衣、と⁉」

行燈の灯りのなかに、仙左が声を荒らげた。

「そうなんです。お女中頭さんも、悔しがっておいでででした」

お勢は言う。

「こともあろうにその相手役に、屋敷内で口数が少なく存在感のなかったお中間さんを無理やりねじ伏せ、屋敷内で女中と密会した不届き者として成敗……。刀で刺し殺したらしいのです」

あまりのことに、行燈二張の薄明りに数呼吸の沈黙がながれた。

「そこで差口を」

お勢はつづけた。

「差口は個人ではないのです。お屋敷のお中間、腰元衆の連名によるものだそうで、お女中頭の尽力でそれを吉岡勇三郎《よしおかゆうざぶろう》さまという、お城のお目付さまに」

「ふむ」

野間風太郎は真剣な表情でうなずき、

「二人とも、ようやってくれた。仙左は話が近辺の屋敷にまで正確に洩れていることを確認し、お勢は差口が奉公人らの連名で女中頭も加わり、その内容に誇張のないことを聞き込んでくれた」

伊賀屋伊右衛門も甲州屋甲兵衛も、しきりにうなずきを入れている。仙左とお勢の仕事の成果である。

風太郎はつづけた。

「その差口だが、実はお勢がさきほど言ったお目付の吉岡さまから、わしのところに回されて来たのだ。吉岡さまはわしの直属の上役《うわやく》でなあ。その内容が事実かどうかを調べよ……と」

「まあ、そうだったのですか」

お勢が言ったのへ風太郎はさらに、

「その松波作兵衛だが」

「何者なんですかい、そやつは」

仙左が急《せ》かすように問う。

風太郎は応えた。

「松波家は代々、目付の家柄でなあ」

「えっ、あれがお目付！」

「そうじゃ。直接見知ったお勢が驚くのも無理はない。松波家は近ごろ代替《だいが》わりしてのう。当主になった作兵衛どのがまともな士《さむらい》だったなら、すぐにもお目付職を継ぐはずじゃった。ところがなにかと噂のあるお人でのう、役職の継承は暫《ざん》時棚上《じたなあ》げとなっておった。そこへ奉公人連名の差口がおなじお目付の吉岡さまの屋敷に投げ込まれた」

お勢と仙左は、風太郎の話を凝《じ》っと聞いている。

「それでわしからおまえたちに合力を頼んだ次第じゃが、さっそくあすにも城中で吉岡さまに言上《ごんじょう》しておく。まあ、これで松波家がお目付の家系でいられるのは無理じゃろう。さような男が旗本支配の目付などになった日にゃ、幕府も終わりだわい。いや、よくやってくれた」

「旦那、こたびの仕事が世のため人のため、大事だったことはよう分かりやしたが、それだけですかい。あるじの松波作兵衛と用人の太井五郎市は、れっきとした人殺しですぜ。それも濡れ衣をかぶせて。これはどうなるんですかい」

「それは個別の屋敷内のことでなあ。わしらが口を出せることではない」

「えっ。まさか、武家屋敷だから奉公人を殺してもお咎《とが》めなしにっ」

「えええっ」

仙左につづいて、お勢も声を上げた。

これには伊賀屋伊右衛門も甲州屋甲兵衛も、無言ながら表情を歪《ゆが》めていた。

二

釈然《しゃくぜん》としない。

だが、明確になったことが一つある。仙左とお勢がおなじ義憤を胸に刻み、かつそれが二人に共通するものであることを、双方とも慥《しか》と自覚するに至ったのだ。

本所から引き揚げて以来、それを実感しながら二人は日常に戻っている。それぞれ別個に武家地をまわり、あるいは武家のお座敷に出ている。

その日常に、以前と異なるところがもう一つあった。二人がたまたま長屋にいる時間が重なったとき、互いに部屋を訪ね、三和土《たたき》から畳の隅に腰を据えて上体をねじり、部屋の中に端座あるいはあぐらを組む相手と、じっくりと話し込む機会が多くなったことだ。

そうしたなかに仙左が、

「姐《あね》さんは武家にけっこうこだわっているようでやすが、実はあっしもそうなんで。いえね、てめえの出自が武家かも知れねえなんて言う者がいやして。まるっきりでたらめでもなさそうで。それでお武家のなかに以前揉め事があって、一家が離散したのはいねえかと、そんなことを訊いてまわっているんでさあ。ま、笑って聞きながしてもらってもよござんすがね」

と、話したことがある。

そのときお勢は軽い驚きの声を上げ、

「仙左さん！　あたしもそうなのさ。それでお座敷に出るにも武家にこだわっているのさ」

これには仙左も、

「えっ」

と、驚きの声を上げたことがある。

もちろん二人はこのとき、それぞれ異なる場で〝かつて武家屋敷に揉め事があって〟などのうわさを耳にすれば、互いに知らせ合う約束をした。だがそうしたうわさなど、めったに得られるものではない。双方は気にしながらも、それが頻《ひん》繁《ぱん》な話題になることはなかった。

だが、共通の話題が一つ増えたことは確かだ、互いに部屋を訪ねなくとも、長屋の路地や部屋の前で立ち話などする。それも親しそうに語らっている。そのような二人を、

「あんたがた、ほんに姉弟《きょうだい》みたいに見えてきたよ」

などと、おなじ長屋に住まう大工の女房やそば屋の隠居夫婦、それに八卦見《はっけみ》の爺さんまでが言うようになった。そこに女と男を連想する者はいなかった。当人たちもまた、周囲からそう見られるほうに、自然ななりゆきを感じていた。

いま二人のあいだで最も熱心な話題は、武家の〝以前の揉め事〟ではなく、松波屋敷のその後だった。

徒目付の野間風太郎に、松波屋敷の探索を命じたのは、上役である目付の吉岡勇三郎だ。勇三郎はその名と異なり、剣術より漢詩が趣味で、この点武張《ぶば》ったことより名のとおり風流の道を好む風太郎と似ていた。

武家への探索を役務《えきむ》とする目付衆の世界にあって、そのような二人はともに異端である。だからこそ二人は気が合い、吉岡勇三郎は野間風太郎に目をかけ、職務にも信を置いていた。

風太郎が松波屋敷探索を拝命し成果を得ていたのは、御小人目付《おこびとめつけ》ならずとも仙左とお勢が奔走したからに他ならない。

お勢たちが伊賀町に戻ってより十日ばかりを経たある日、江戸城中で風太郎は吉岡勇三郎に、幕府としての松波作兵衛と用人の太井五郎市への処遇を訊いた。目付の報告を受け、若年寄がどんな処断を下したかである。

その日の夕刻、風太郎は仙左とお勢、それに伊賀屋伊右衛門、甲州屋甲兵衛をいつもの伊賀屋の奥の一室に集めた。

憮然《ぶぜん》とした風太郎のようすから、集まった面々はおよその内容を察した。

はたして野間風太郎は言った。

「松波家だが、家禄を半減して三河以来の目付の家系から外し、代々小普請組に組み入れられることとなりもうした。これで松波作兵衛は、二度と目付の職位につけなくなる。お勢と仙左の手柄だ。礼を言うぞ」

褒められても仙左とお勢は、返事すらする気になれなかった。

伊右衛門が無表情のまま言った。

「松波家は三百石でしたな。半減されても無役の小普請組ですが、百五十石の旗本として家系は残りますのじゃな」

仙左がいたたまれない口調でつないだ。

「お城の若年寄さまってなんなんですかい。松波作兵衛は当主の身分をカサに、十五歳の腰元を手籠《てご》めにしようとして騒がれ、斬り殺しているのですぜ」

「用人の太井五郎市はおとなしいお中間に密会の濡れ衣を着せ、成敗などと、これまた刺し殺していますよ。お咎《とが》めは！　野間さま、ちゃんとお目付の吉岡さまに話されましたのか！」

お勢がつづけた。

いま仙左と、意気は一つになっている。

風太郎は抑揚《よくよう》のない口調で返した。

「むろん、話した」

「だったらなんで！」

仙左は喰い下がった。

伊右衛門と甲兵衛は無表情のまま、無言をとおしている。

そこに風太郎は、やはり淡々とした口調をながした。

「むろん吉岡さまは若年寄さまに喰い下がられた。したが、屋敷の成敗はすべて屋敷の当主に任されておる。それが公儀に背《そむ》きお上《かみ》に弓引くものでない限り、糾弾は一切ない」

武家屋敷では、当然の帰結《きけつ》である。

「そんならよ、あの濡れ衣を着せての殺し、不《ふ》、不問《ふもん》ってことですかい!?」

仙左の声に風太郎は返した。

「さよう」

「ううっ」

仙左はうめいた。

黙していた口入屋の甲兵衛が、おもむろに口を開いた。

「おまえさん方、武家地を廻《まわ》っているなら気づいていよう。武家屋敷というは、禄高《ろくだか》に関わりなく一軒一軒が城じゃ。屋敷のあるじは一国一城のあるじでのう。城内での采配はすべて任され、他からの口出しはできぬのです」

さらにつづける。

「他家もまた、口出しはしないものです。屋敷の中でご法度《はっと》に背《そむ》いた者がいた。あるじがそれを成敗した。すべてあるじの裁量によって決められることです。ただこたびは、その所行が目付として許せるかどうか、目付内部で一応の判断をしたようです。家禄半減で、かつ目付から追放……と」

風太郎は無言でうなずいた。

「さような軽い捌《さば》き、世間にはとおりませぬ」

お勢は声を荒らげるのではなく、逆に低く落として言った。それがかえって不気味だった。

「世間にとおらずとも、武家にはとおりますのじゃ」

茶店のあるじ伊右衛門が穏やかな口調で言い、そのままつづけた。

「ともかくこたびの件で、お勢さんと仙左どんの手柄は大きい。二人で目付衆の権威を守ったようなものだわい」

「さよう。そのとおりです」

風太郎も言い、

「きょうは若年寄さまの裁定を告げるため、集まってもろうたまで。さあ、もう遅い」

と、今宵の集まりを切り上げようとする。本来なら酒肴《しゅこう》を出してお勢と仙左の尽力を称《たた》えたいところだ。だが風太郎は用件を話しただけで、座をお開きにしようとする。酒肴が入れば、お勢と仙左の不満はますます高まる。風太郎にとってもそれは、耐えがたいものであった。

もうすっかり夜は更けている。お勢と仙左はそれぞれ伊賀屋の提灯《ちょうちん》を手にした。長屋の木戸はまだ開いている。その手前で二人は提灯をかざしたまま、立ち話になった。このままそれぞれの部屋に戻る気になれないのだ。二人はいま怒りに燃えている。義憤だ。

「姐《あね》さん、いいんですかい」

「いいわけ、ないでしょう」

言った仙左にお勢は返す。

二人とも提灯二張《ふたはり》の灯《あか》りのなかに、声を極度に落としている。長屋に灯りはなく、みな寝静まっている。

お勢がさりげなく言った。

「あたし、松波作兵衛の行きつけの料亭を知っています。深川《ふかがわ》です。お屋敷で聞きました。行くときはいつも、太井五郎市が従《したご》うているとか」

「ほっ、そりゃあいい。二人まとめて……」

どちらも、淡々と話しているが、凄《すご》みが感じられる。

仙左はつづけた。

「深川の料亭？　松波家にそんな余裕、ありやしたのかい。お目付ならやりようによっちゃ袖の下も入《へえ》りやしょうが、あそこはいま無役の小普請組ですぜ。禄も三百石から百五十石に減らされ、これからは日々の生活《たつき》にも……」

仙左は武家地で大名家も廻れば百石から五百石、千石の旗本家も廻っている。旗本で百石や二百石など、奉公人に傘張《かさは》りや提灯張りの内職をさせるほど、内所が火の車であることをよく知っている。奥方の化粧代にもこと欠くほどなのに、亭主が用人を引き連れて料亭通いなど、できるはずがない。

「松波作兵衛め、なにか金《かね》づるでもつかんでいやがるのかい」

「そう、つかんでいるのです」

「えっ、どんな」

仙左は問い返した。二人は互いの提灯が交差するほどに、身を近づけた。顔に相手の吐息《といき》を感じる。

お勢が提灯の灯りに、さらに声を潜《ひそ》めた。

「この話、お女中頭から聞いたのですが、濡れ衣の殺しと別物でしたので、伊賀屋さんではつい言いそびれました」

「いってえ、どんな」

「無役の小普請組なれど、これまでのお目付の家系を笠に、商家のお人らに高禄旗本やお大名家、それに大奥出入りの口利《くちき》きをしてやろうと持ちかけ、けっこうな袖の下を取っているとか」

「そんな悪徳の旗本なんざ珍しくねえが、袖の下を包む商家も欲得《よくとく》ずくで、おあいこじゃねえですかい」

「もちろん、そのとおりです。しかも松波家は家禄半減のうえ、お目付の家系からも外れます。さらに小普請組とあっては、自分の身を立てる算段に追われましょう。他人《ひと》さまの口利きなど、無理なはずなんですが」

「まったくで。すでに賄賂《まいない》をとっている口でも、てめえがただの百五十石小普請組じゃ如何《いか》ともしがてえ。金を返すにも返せねえ。もっとも返す気など端《はな》からありゃしねえ。そこでひと悶着《もんちゃく》起きる。さあ松波作兵衛の旦那もご用人の太井五郎市さんも、なにをどう始末しなさる……」

「よくまあそこまですらすらとさきを読みますねえ」

「もうすこし読んでみやしょうかい」

「いかように？」

お勢はそこにおもしろさを覚え、仙左は言葉をつづけた。

「松波作兵衛と太井五郎市の成敗でさあ。お目付がやってくれねえんじゃ俺たちで。これはもう決まりですぜ」

その言葉にお勢は、無言だが慥《しか》とうなずき、

「これから松波家になにが起こるか分かりません。いままでのように袖の下を取る悪徳をつづけるには無理があり、第一世間が許さないでしょう」

「そこなんでさあ。世間が許さねえ。なのに深川の料亭ってのはおもしれえじゃねえですかい。そこをもう少し詳しゅうに……」

「松波屋敷の裏門を叩き、お女中頭に訊けば、つぎに深川へ行く日も場所も、すぐ分かりましょう」

「こちとらあ、いつでもよござんすぜ」

「あたしもです」

からまっていた提灯を離し、お勢は木戸を入ってすぐの部屋に消えた。

仙左は、

「おっと、今月の木戸の当番、俺だったぜ」

つぶやき、木戸を閉めてから一番奥の部屋に向かった。

五部屋つづきの長屋で、木戸の開け閉めは当番を決めている。お勢も当番の月には毎日早目に起きて開け、更《ふ》けてから閉めていた。

三

風太郎が、松波家への処断というより処置をお勢や仙左たちに話したのは、城中で目付の吉岡勇三郎が若年寄の増山正寧《ましやままさやす》から、それを告げられた日のうちだった。それほど迅速に目付の吉岡勇三郎は徒目付の風太郎を城中に呼んで伝え、それがまたその日の夕刻にはお勢や仙左たちに伝わっていた。若年寄も目付もこたびの事態を、軽く見ていたわけではない。ただこれが、武家社会でのきわめて一般的な幕の下ろし方だったのだ。ちなみに若年寄の増山正寧は、伊勢長島藩《いせながしまはん》二万石の大名である。

城内での若年寄の下知《げじ》が、城下で末端の御小人目付もどきの者にまでその日のうちに伝わったのは、目付の吉岡勇三郎と徒目付の野間風太郎との意思疎通がまさにとどこおりなく、さらに風太郎とお勢、仙左たちとの連絡も日常のものとなっていたからに他ならない。ここまで迅速な連絡網は、他の徒目付と御小人目付のあいだには見られない。

さらにその翌日だった。またも風太郎は吉岡勇三郎から城中に呼び出され、本丸正面玄関横の目付詰所《つめしょ》で、いずれからかの下知を伝えられた。

お勢と仙左が〝今宵も伊賀屋に〟と風太郎からの連絡を受けたのは、二人ともまだ陽のあるうちに前後して伊賀町に帰って来たときだった。

「ほっ」

「まあ」

と、二人はすぐ駈けつけた。お勢は芸者姿で、仙左は職人姿だった。

茶店の伊賀屋伊右衛門はむろんのこと、甲州屋甲兵衛も顔をそろえていた。風太郎は連絡だけ寄こして、まだ城から帰って来ていない。

仙左が機嫌よさそうに、

「へへん。野間の旦那の話、およそ見当がつきまさあ」

言ったのへ芸者姿のお勢も、

「あたしも想像できますよ。そうに違いありませんとも」

きのう若年寄が下した松波家への処置が、あまりにもいい加減だったことに再吟味がなされ、それで新たな処置が示された……。お勢と仙左はそう解釈したようだ。

だが、伊賀屋伊右衛門と甲州屋甲兵衛は、

「ともかく、野間どのの帰りを待ちましょう」

「若年寄さまのご下知が、そう一日で変わるとは思えませぬ」

など と、商人言葉で悟《さと》ったようなことを言う。

（てやんでえ）

仙左は反発を感じたが、ここで言い争っても仕方ない。反発したい気持ちを呑み込み、

「外がいくらか暗くなりやしたが、野間の旦那、そろそろでやしょう」

と、庭に面した障子越しに外をうかがった。

そのあとすぐだった。反対側のふすまの向うに、急ぐような足音が立った。

「やあ、待たせてしまいました」

と、期待したとおり野間風太郎だった。城から伊賀屋に直行したか、袴《はかま》に地味な羽織《はおり》の徒目付姿のままである。座につきながら、

「きょうまたお目付の吉岡さまから下知があるとかで、期待しましてなあ」

「大ありだったでやしょう。きのうの話にゃ拍子抜けしやしたからねえ」

仙左があぐら居のまま上体を前にかたむけ、

「で、いかような」

と、端座のお勢もひと膝《ひざ》まえにすり出た。

「これこれ、二人とも早トチリするな。わしもきのうのきょうゆえ、なにか関連はあろうかと思うたのだが、アテが外れたわい」

風太郎は自戒《じかい》するように言う。

伊右衛門と甲兵衛はただ黙して、風太郎たちのやりとりを聞いている。

「そんならいってえ、きょうはなんのお下知だったんですかい」

と、仙左がさきをうながした。

風太郎はお勢と仙左に視線を向け、すぐに逸《そ》らして言った。

「吉岡さまは、きょうの下知はご老中の水野忠邦《ただくに》さまの肝煎《きもいり》だと前置きされて」

「ええっ」

「差配違《さはいちが》いではないか」

声を洩らしたのは、伊右衛門と甲兵衛だった。

そう、差配違いである。老中から目付へ若年寄を通さず、直《じか》に指図が出るなどあり得ないことなのだ。

目付は若年寄差配であり、老中の差配は大名支配の大目付である。御小人目付など末端の者がそうした差配とは関係なく合力しあうことはあっても、上層部で指揮や要請が重なることはない。それがこたびは〝肝煎〟などと称して差配違いの老中から、目付に下知がもたらされたらしいのだ。

元徒目付の伊右衛門と甲兵衛が、驚きの声を洩らしたのは無理もない。これまでなかったことなのだ。

だから風太郎は前置きのかたちで、わざわざ冒頭にそれを述べたのだった。

お勢と仙左は、

（それがどうした）

といった表情になっている。

風太郎はつづけた。

「老中水野家からの下知となっているらしいが、吉岡さまの推測じゃ、水野家の横目付たちが以前からある探索を進めており、それの埒《らち》が明かぬゆえ、あるじの忠邦さまに願い出て、幕府からの下知としての形をとり、大目付と目付の系統にまで、水野家横目付の探索に合力させようと考えてのことらしい。町奉行所は老中さまの差配ゆえ、当然その方面にも話は行っていよう」

「なんですかい。ややこしいことはご免こうむりとうござんすが、要するに一つの大名家に過ぎねえ水野家の横目付の仕事に、幕府の組織である大目付や目付の系統を動員しようって魂胆なんですかい。その仕事ってえのは、いってえなんなんですかい」

仙左が精一杯に解釈し、なんとか問いを入れた。

伊賀屋伊右衛門と甲州屋甲兵衛は、仙左の解釈にうなずきを入れた。当たっているようだ。お勢も得心したようにうなずいた。

仙左は四ツ谷伊賀町に家移《やうつ》りするまえ、芝田町の裏店《うらだな》にねぐらを置き、水野家の中屋敷も仕事の範囲とし、そこでの不可解で横柄《おうへい》な藩士の所行も、家移りのきっかけの一つになっていた。その縁から仙左は、四ツ谷にもおなじ〝水野家〟が出てきたことに、不快感と同時に興味も覚えたようだ。

風太郎も仙左の呑み込みの早いことにうなずきを見せ、

「そういうことだ」

と、仙左とお勢に視線を戻した。風太郎はすでにこの二人を、自分が差配する御小人目付に近いものと見なしている。

言葉をつづけた。

「わしもはじめ〝老中さま〟の名が出たときは、いったいなんのことか戸惑ったわい。すると吉岡さまは目付詰所で水野家の横目付になり代わったように、わしに話されたのよ。それによれば現在《いま》から二十数年まえ、水野家になにやら騒動があり、相応の家臣のお子で、幼い姉と生まれたばかりの弟が行方知れずになり、すでに死んでいるやら生きているやら……、そういったうわさかそれに近い話を耳にしたなら報《しら》せられたい、と」

伊賀屋伊右衛門と甲州屋甲兵衛がうなずくなかに、風太郎の声はつづいた。

「わしは吉岡さまから、水野家の横目付が語ったという話を聞きながら、ハッとしてのう。二十数年まえ行方知れずになった幼い姉と弟といやあ……」

「ここにもいますわい」

「ふむ」

伊右衛門が言ったのへ甲兵衛がうなずきを入れ、

「なるほど。歳《とし》は合《お》うておりますわい」

と、言葉にも出した。

二十数年まえに幼い姉と弟……。お勢は今年三十路《みそじ》、仙左は二十五歳ではないか。歳のころは判で捺《お》したように当てはまる。

しかもお勢と仙左を、

(姉弟《きょうだい》のよう……)

と感じるのは、長屋の住人ばかりではない。風太郎も伊右衛門も甲兵衛も、それは感じているのだ。

しかし、二人がこの町の住人になったのはまったく時期が異なり、三年ほどもズレがある。しかも二人がこの町で初対面だったことは、風太郎たちもよく知っている。

水野家の横目付が言う〝幼い姉と弟〟に当てはめるには、なんらかの事情でもない限り、難があろうか。

「こっちの例は、座興《ざきょう》ですかな」

「まっこと。そんなうわさを耳にすれば〝報せられたい〟と、古いことを」

「そのさきは」

伊右衛門が言ったのへ甲兵衛がつなぎ、さらに言った。

「おそらくその話、二十数年まえに藩主の忠邦公が下知されたものだろう。それが未解決のまま今日まで来て藩の誰かが思い出し、忠邦公に泣きつき権力にモノを言わせ、町方からわれわれまで駆り出すよう算段したのじゃろ」

風太郎は甲兵衛の推測に応《こた》えた。役務の先達に対する口調である。

「おそらく、そうだと思います。したが、はっきりしませぬのは、そのさきのことでございます」

「ふむ。騒動の内容も伝えず、見つけ出したあとの処置も言わない」

伊右衛門が言ったのへ、甲兵衛がまたつづけた。

「それを主導しているのは、藩で隠密行動をとる横目付でしょうなあ。われらと同業と言えなくもない。ということは……」

秘密めいた、別種の疑念がそこに湧いてくる。

風太郎は二人の先達の言葉に、無言のうなずきを示した。

お勢と仙左も、そっと視線を交わした。

風太郎と伊右衛門、甲兵衛のやりとりから、そのさきにあるのは、找《さが》し出してめでたしめでたしではなく、極秘に処理されるものであることが、この場のいずれもが解した。

座は重苦しい空気に包まれ、風太郎は視線を仙左とお勢に戻し、

「まあ、そういうわけだった。松波家への処理に変更はなし、と。それにお勢も仙左も武家地に出入りしているから、さっきの話、それとなく気にとめておいてくれ。きょうの話はそれだけだ」

と、この日の伝言はここまでとし、話はさらにつづけた。

「そうそう。きょうその下知を受けたのは城中の目付詰所でしたが、そこに見知らぬ男が来ておりましてな。それがしがお目付の吉岡勇三郎さまから下知を受けているあいだ、となりの部屋にいたようじゃ。ふすまが開けられたときチラと顔を拝見しもうしたが、あまりいい感じではなかった。あとで吉岡さまに訊くと、水野家の石川儀兵衛という横目付らしい」

「えぇっ！」

「なんと！」

また伊右衛門と甲兵衛が同時に声を上げた。

無理もない。一つの藩の横目付が江戸城内で幕府の目付詰所に出向き、幕府の役人である目付が配下の徒目付に下知している場へ、となりの部屋からとはいえ立ち会うなど、およそあり得ないことだ。だが水野家当代の忠邦公はいま、老中首座で幕閣の頂点に立っている。

その構図は、お勢にも仙左にも分かる。重苦しい雰囲気が四ツ谷伊賀町の茶店伊賀屋の一室にながれた。

野間風太郎は言った。

「とりあえず、きょうそういうことがありもうしたと話しただけです。他意はありませぬ。お目付の吉岡勇三郎さまも淡々と話されただけで、そこになんのご感想も述べられませんでしたじゃ」

「ふむ」

「仕方ありますまい」

また伊右衛門と甲兵衛は同時に口を開いた。

四

すっかり遅くなった。

お勢と仙左は、返すために持って来た伊賀屋の提灯をまた手にした。

伊賀屋の裏手に出てすぐの長屋の木戸を入れば、お勢の部屋の前だ。

昨夜は木戸の前での立ち話になった。今宵もどちらから言うともなく立ち止まった。お勢が言った。

「寄って行きませんか。お茶の用意もなにもないですが」

「へ、へえ」

仙左は戸惑いながら返した。すでに互いの部屋への行き来はあるが、こうも夜更けてからでは気が引ける。

「さっきの野間さまの話、気になります」

言われれば、

「へい」

仙左は意を決した。野間風太郎の話が、気になるというより、胸に刺さっているのだ。

腰高障子を開け、部屋に上がるとお勢は提灯の火を行燈《あんどん》に移し、仙左は火の入った提灯を手にしたまま、取付《とっつき》の部屋の畳に腰を据え、

「姐《あね》さんもさっき、野間の旦那の話、感じるものがあったようでやすねえ」

と、部屋に上がったお勢のほうへ上体をねじった。

「仙左さんも、なにやら感じていたみたいですね。伊賀屋さんと甲州屋さんの、事態を解説するようなお話も、なにやら恐ろしいことを秘めているような」

と、お勢は仙左以上に動揺するものを感じ取っていた。

長屋の部屋に落ち着いたいま、お勢の脳裡《のうり》には六歳のころでおぼろげながら覚えている境遇の激変と、育ての親から聞かされた自分の出自《しゅつじ》に関わる話がながれていた。

二十数年まえ、正確には二十四年まえである。

環境は一変した。両親が相次いで死去し、泣きながら周囲の動きに従ったことを覚えている。お勢を引き取ったのは、屋敷に出入りしていた琴の師匠だった。

〝お勢〟という名も、そのときにつけられた。屋敷での幼名は覚えていない。育ての親からも〝知らないほうがいいのです〟と言われ、教えてもらえなかった。

ただ、十歳になったころだったか〝元のお家はお武家です。そのことは心しておきなさい〟と、念を押すように言われたことを覚えており、自分でもそれを強く胸に刻み込んだ。

琴の師匠の家だったから、芸事《げいごと》は琴をはじめひととおり身につけ、十代後半には〝品のある芸者〟として知られるようになり、二十代なかばにはどの料亭にも置屋《おきや》にも属さず、一人立《ひとりだ》ちの芸者として世を渡れるようになっていた。

お勢が他の女と違ったのは、武家の出だからという理由で、琴の師匠が心得のある者を家に招き、お勢に小太刀《こだち》の扱いと手裏剣を習得させたことだ。それらにもお勢は長《た》けていた。お勢が仙左の天秤棒の技《わざ》に〝あれは！〟と感じ取ったのは、それがあったからである。

お勢の部屋で、仙左の脳裡にも二十数年の来《こ》し方《かた》が走っていた。

境遇がめまぐるしく変化したのは生まれた年、一歳のときだから、なにがどうしてどのように変化したのか覚えていない。

もの心がついたときの親は、町場の鋳掛《いかけ》職人だった。鋳掛屋のせがれとして、天秤棒を担いで外まわりをするおやじのあとについて仕事を覚え、十代なかばには腕のいい一人立ちの鋳掛屋になっていた。

近所の住人で〝おまえは貰《もら》い子で、ここのほんとの子じゃない〟などと吹き込むお節介な者がいて、仙左は悩んで親に訊いたことがある。

両親は否定せず、

「気にするな」

と、言う。

そのような言い方をされれば、かえって気になる。

母親が世を去りおやじも老いて寝込んだとき、珍しく元気なときがあった。仙左がまだ十五、六歳のころだった。おやじのため少量だが酒の用意をした。おやじは酔って言った。

「――おめえは俺が出入りしていたお屋敷の若さまとして生まれたのよ。お家の事情でご両親は世を去り、おまえも殺されかけたのを奉公人や出入りの者が話し合い、名も変えて俺が引き取ることになった。それでお武家ではなく、腕のいい鋳掛屋が一人、世に生まれたってえ寸法よ。おめえはなにをやらしても、器用だからなあ」

予測していたことでもあり、仙左はうなずいただけで詳細は訊かなかった。だが数日後、やはり気になり訊いた。おやじは蒲団《ふとん》に上体を起こし、言った。

「――知らんほうがよい。おめえはあくまで鋳掛屋の仙左だ」

おやじが鋳掛の木槌を撫《な》でながら世を去ったのは、翌日だった。

（出自はお武家……!?）

鋳掛屋渡世《とせい》のかたわら、武家ならばとみずから武術の道場に通った。鍛錬したのは剣術ではなく、天秤棒を構えての棒術《ぼうじゅつ》だった。死んだおやじの言っていたとおり、器用で体力もあった。師匠も驚くほど天秤棒での棒術を身につけた。

お勢と共通する性格《たち》で、ことさら武家の理不尽に厳しい目を向けるのは、ここに原因があった。

その二人がいま、四ツ谷伊賀町のおなじ裏店にねぐらを置いている。

仙左はお勢のほうへ上体をねじったまま言った。

「さっきはまあ伊賀屋の奥で、みょうな雰囲気だったぜ。野間の旦那がわけの分からねえことを……。伊賀屋と甲州屋の旦那方も、分かったような分からねえようなことを……。姐《あね》さんはそこになにを感じなすったたい」

「なにをって、いま仙左さんの言いなさったとおりさね。なにやらわけの分からぬこと……」

と、二人ともそこからさきに進まなかった。双方の脳裡には、来し方が激しく渦巻《うずま》き、なにからどう話していいかまとまりがつかなかったのだ。

仙左が胸中にいっそう強くもやもやするものを覚え、お勢の部屋を出たころ、伊賀屋では風太郎と伊右衛門、甲兵衛の三人は、まだ奥の一室で膝を突き合わせていた。

この顔ぶれのときは、いかに見かけは商家のあるじと羽織を着けた徒目付であっても、実際は隠居と現役の徒目付だ。これがこの四ツ谷伊賀町の三人の、最も自然な姿だった。

「野間風太郎どのよ。おぬし、大変な二人を御小人目付、いや厳密には合力の者だが、身近においたものだなあ。むろん、そうと確定したわけではないが」

「私もきょう、石川儀兵衛なる水野家横目付が持ち込んだらしい話を受けながら、内心それを感じておりました」

伊右衛門が言ったのへ、風太郎は返した。胸中ではやはり、水野家の横目付が言った行方も生死も知れない〝姉弟《きょうだい》〟が、お勢と仙左ではないかとの思いを捨て切っていないようだ。

ならば石川儀兵衛なる老中水野家の横目付が、なにゆえ幕府の目付にそれの探索を、なかば命じるように依頼してきたのか。目付に話を持って来るくらいだから、当然町奉行所にも同様の要請はしているとみてよいだろう。

口入屋の甲州屋甲兵衛も口を開いた。さすがは元徒目付である。

「二十数年まえといやあ、なにがしとかいう水野家の江戸家老が、忠邦公の出世欲を諌《いさ》めて腹を召《め》された年じゃないかな。あのころはなにぶん水野家内部のことゆえ、その家老のお子の件など詳しくは聞いておらんが」

「私がまだ役職に就くまえの話のようですが、奉行所の古い書付をたぐってみましょう。いまをときめく水野家のことなれば、その江戸家老のお名も、お子たちの件も調べれば分かりましょう」

「おもしろうなってきた。お勢と仙左がそこにどう係り合ってくるか……。どうやら当人たちも、思うところがありそうな素振りじゃったが」

伊賀屋伊右衛門がさらに言い、野間風太郎はうなずいた。

大名支配は大目付だが、旗本支配の若年寄の系統でも、他の役職よりは大名家についても調べやすい立場にある。

五

二十四年まえに水野家江戸屋敷で家老の二本松義廉《よしかど》が諫死《かんし》し、激怒した忠邦が二本松家の直系を咎人《とがにん》の血筋として抹殺《まっさつ》せよと命じた一件を、風太郎は数日で洗い出した。

（二本松義廉……、得難《えがた》い人物であったような）

調べながら、風太郎は感得した。

六歳になる姫と生まれたばかりで一歳の若君がいたことも突きとめた。その二人が殺されかけたとき、二本松屋敷の奉公人や出入りの者たちが連携して二人をいずれかに隠し、その所在はむろん新たに付けられたであろう名も伝わっていない。巧《たく》みに隠蔽《いんぺい》されたのだ。もちろん、殺しから護《まも》るためである。

伊賀屋で風太郎がそれを伊右衛門と甲兵衛に披露《ひろう》したとき、

「水野家の横目付がいまだに探索しているということは、水野家でもその生死さえつかんでおらず……」

「いずれかで生きていることも、あり得るということになるなあ」

伊右衛門が予測したのへ、甲兵衛が補足した。

風太郎がさらに言った。

「私たちがそのような目であの二人を見るのではなく、これまでどおりにつき合いましょう。そうでなければ、気軽に仕事を頼めませぬ。正式ではありませぬが、御小人目付としてあの二人ほど優れた者はおりませぬゆえ」

「いかにも。それはわしらも認める」

「やがて両名とも自分たちが、いずれかからの探索の対象になっており、出自《しゅつじ》にも気づこうが、そのときはそのときとして」

ふたたび伊右衛門に甲兵衛がつなぎ、風太郎がうなずきを入れた。

お勢と仙左は、まだ慥《しか》とは気づいていない。だが、

（あてはまる）

ことは意識しているのだ。

その後も仙左とお勢は、以前と変わりなく武家地に鋳掛の声をながし、あるいは武家の座敷に出ていた。しかしいま念頭にあるのは、自分たちの〝出自〟もさりながら、本所の松波家に対する、あまりにも軽い処置への憤りであった。

あるじの松波作兵衛は十五歳の若い腰元を斬り殺し、用人の太井五郎市はその処理のため〝密会〟をでっち上げ、〝成敗〟などと称しておとなしい中間を刺し殺しているのだ。町場なら、間違いなく打首《うちくび》か獄門《ごくもん》である。

だが、武家であるがゆえに、大きな罪に問われない。

そこへの憤りを、二人はますます強くしている。おのれの〝出自〟が単に〝武家かも知れない〟という漠然としたものから、

（水野家が絡《から》んでいるかも知れない……）

と、具体性を帯びてきたことが、かえって二人に武家への憤りと不信感を倍加させていた。

その一方、〝姉弟《きょうだい》みたい〟ではなく、

（ほんとうの姉弟であれば）

と、どちらも心の奥底《おくそこ》でそこへの期待を強めていた。

だが、それを相手に質《ただ》すことはできなかった。

直《じか》に訊いて、

（もし違っていたなら……）

それが恐ろしく、日常に顔を合わせながらも交わすのは、

「世の中、理不尽なこと、多すぎます」

「本所のあの屋敷でやすね。生かしちゃおけねえ」

と、その話ばかりになっていた。

実際、松波作兵衛と用人の太井五郎市を秘《ひそ》かに成敗することは、策まではまだ話し合っていないものの、

（機会を見つけ……）

と、胸中においては既成のこととなっているのだ。それに関わることを、長屋での日常において口にする。それは二人がおなじ信念を持っていることの証《あかし》であり、確認にもなった。

そうしたようすは、長屋の住人の目にもとまれば、風太郎や伊右衛門、甲兵衛たちの耳にも入る。

標的の松波家は禄高を三百石から百五十石に半減され、目付の家系から外され無役の小普請組に組込まれたものの、まだ当主は作兵衛であり用人は太井五郎市なのだ。依然として門構えも厳《いか》めしい旗本屋敷に住まい、反省もなければ殺した奉公人たちへの供養の気持ちもない。

幕府の若年寄の処理は、松波家を目付衆から外したに過ぎない。町人を人とも

思わない武家はそのまま存在している。またいかなる悪行を繰り返すか知れたものではない。

卯月《うづき》（四月）も下旬になっていた。いよいよ夏の盛りに近づいている。日常の仙左は相変わらず朝から武家地の白壁の角に日陰を選んで店開きをし、お勢は午《ひる》ごろに武家の出入りが多い料亭に出ている。

変化はあった。

二人とも〝かつて揉め事があったお屋敷〟を、話題にすることがなくなっていた。用心し始めたのではない。訊く必要がなくなったからだ。

だが、これまで武家地で聞き込みを入れていたとき、いずれかから不審に思われ、逆に自分たちが注視の対象になり始めていたことには気づかず、そこに関心を寄せていなかった。

それでいて二人は、松波家のあるじ作兵衛と用人太井五郎市の成敗を、

「早く下さねば」

と話し合い、いよいよ動こうとしている。具体策も考えた。いまだにつづいているらしい、深川の料亭通いが舞台だ。

だが肝心なのは、松波屋敷の詳しいようすを知ることである。分かっていることといえば、家禄半減で百五十石の貧乏旗本になり、小普請組に組込まれて明日への望みもなくなったというのに、相変わらず深川での贅沢《ぜいたく》をつづけているらしいことのみだった。

「――信じられねえ」

「――なぜそんなことができるの？」

と、その行状に仙左とお勢は、ますますあきれ顔になったものだ。

その日、お勢と仙左はそろって口入屋の甲州屋甲兵衛を訪《たず》ねた。

午前《ひるまえ》だった。

「あたしが潜り込みでお世話になっていたころから、ほとんどの腰元や中間さんは屋敷を出たがっていました」

「いまはあの屋敷、奉公人の数がもっと足りていねえはずだ。甲兵衛旦那が直接顔を出され、あっしらを売り込んでくださいやせんかい」

と、依頼したのだ。

甲兵衛は応えた。

「可能かも知れません。したが、相手のあることです。向うのご用人やお女中頭が、うまく処理されているかも知れません」

長屋に帰ってから二人は話し合った。

「甲州屋さん、もう松波屋敷とは係り合いたくないようですねえ。分かる気がしますが」

「そんなら俺たちで直接当たって見やすかい。さいわいあの屋敷の近くで俺がトンカンやりゃあ、ついてくれるお客はけっこうありまさあ」

実際そうだった。お勢が松波屋敷で十日間の潜入を終え、仙左も本所を離れることになったとき、近辺の武家屋敷の女中や中間で、それを惜しむ声がけっこうあった。仙左の鋳掛の技が、それだけ信頼されているのだ。

口入屋の甲州屋甲兵衛が風太郎に連絡を取り、伊賀屋の奥の一室に三人が鳩《きゅう》首《しゅ》したのは、その日の午《ひる》をいくらか過ぎた時分だった。

茶店の伊賀屋伊右衛門も、風太郎からいつもの奥の部屋を用意してくれるよう依頼されたとき、

「おっ、これはちょうどようござった。きょう午前《ひるまえ》、重大なお人が店に見えましてなあ。私からもそなたらに至急つなぎを取らねばと思い、部屋はもう用意してありますのじゃ」

「えっ。重大な人とは？」

風太郎が関心を持ったのへ伊右衛門は応えた。

「三人そろうてから」

と、伊右衛門、甲兵衛、それに風太郎の三人の顔がそろったのは、そのあとすぐだった。

伊賀屋のいつもの奥の部屋で、手前は空き部屋にしている。そこに三人がそろったとき、座長はいつも一番若い現役の野間風太郎だ。

風太郎は迷った。どちらの話もひと呼吸でも早く聞きたい。伊右衛門と甲兵衛

の先達二人も、早く話したそうな顔をしている。

　風太郎は、いま座を取っているこの屋のあるじ、伊賀屋伊右衛門に視線を向けた。

「伊右衛門さま、その、重大な人とは」

「武家でござった。それも招かざるお人でなあ」

　伊右衛門は応えた。


　きょう午すこし前だった。茶店伊賀屋の店先に中間をともなった四十がらみの武士が訪《おとな》いを入れ、客として部屋に上がった。士分でない中間が、あるじとおなじ部屋に座を取るなどあり得ない。こうしたとき中間は、玄関前であるじが出て来るのを待つことになる。寒い日や暑い日、さらに雨の日や風の日、お供は辛《つら》いものとなる。料亭などでは玄関わきにそれらお供の者を休ませ、茶を出したり軽い食べ物を用意したりする。伊賀屋も玄関わきに、待合《まちあい》のこぢんまりした部屋を設けている。

当然のごとく、奥の部屋にはあるじの武士が一人で上がる。

このとき野間風太郎が伊賀屋に来ていて、チラとその顔を見たなら、

（ん？　なぜ。水野家の横目付が伊賀屋にまで!?）

と、即座にその武士が、水野家横目付の石川儀兵衛であることに気づいていただろう。

風太郎は目付の吉岡勇三郎から城中に呼ばれたおり、目付詰所で石川儀兵衛の顔をチラと見ている。目が細くいくらかつり上がり、薄い唇の顔は、一度見れば忘れるものではない。

伊右衛門は風太郎からその話を聞いている。番頭から風貌を聞いたとき、それだけで、

（まさか）

と、思った。

石川儀兵衛は身分も名も明かさず、あるじの伊右衛門を部屋に呼んだ。部屋に上がった客が、その屋のあるじを呼ぶのは珍しいことではない。商舗《みせ》のほうでも

これはと見た客には、これからも贔屓（ひいき）につなげようと主人か女将（おかみ）が部屋まで挨拶《あいさつ》にうかがうのはよくあることだ。

「へい。ようのお越しを」

と、伊右衛門はすでに勘づいていることは隠して部屋に出向くと、はたして風太郎から聞いたとおりの風貌がそこにあった。

(水野家の横目付、ついに行方知れずの痕跡《こんせき》をつかんだか)

緊張しながら応対の座についた。

この二十数年、生死も名も分からない二本松家の姫と若を追いつづけてきた、水野家の忠義の士である。

案の定か、石川儀兵衛は素性を名乗らないまま、お城の正面玄関横の目付詰所で吉岡勇三郎にかぶせた依頼をここでも口にし、

「聞くところによればこの四ツ谷伊賀町の界隈《かいわい》に、それがしと似た問いをしきりと武家地に入れている三十がらみの町人の女がおると聞くが、品のいい芸者だそうな。その者はこの町の住人であろうか、心当たりはないか。できればいま、引

き合わせてもらえぬか」

さいわい石川儀兵衛は、伊賀屋伊右衛門が元徒目付であることに気づいていないようだ。

お勢は出た宴席で〝かつて揉め事があったお武家で……〟などと芸者らしからぬ問いを入れ、逆に訝《いぶか》られて関心を引き、そのなかに水野家の石川儀兵衛につながる者がいたようだ。さすがに儀兵衛も探索方であれば、人を遣《つか》わしてお勢の身辺を洗い、名もねぐらも突きとめ、それで伊賀町の茶店の伊賀屋に、単身乗り込んで来たようだ。

長屋は伊賀屋の裏手であり、しかもお勢の部屋は最も分かりやすい一番手前にある。

さいわいと言うべきかどうか、このときお勢も一番奥の部屋の仙左も留守だった。このときとは、石川儀兵衛が伊賀屋に顔を出したときだが、お勢と仙左は口入屋の甲州屋を訪ねていたのだ。儀兵衛もその中間もお勢の顔を確かめることができず、弟分らしい男がおなじ長屋にいることに気づくこともなかった。

気づけば儀兵衛ならその男の名も仕事も近辺から聞き出し、その者が武家地でお勢とおなじ問いを入れていたことも探り出しただろう。

「はて、武家の内緒にことさら関心を寄せている、三十がらみの品のいい芸者でございますか」

伊右衛門は返しながら、話のなかに仙左の存在がないことに安堵《あんど》し、

「さあて、さようなお人は……。私ども茶店の者は、住人のお方らのことはあまり……」

と、言葉を濁《にご》した。

さらに伊右衛門は、お勢の探索に石川儀兵衛が行商人や出職の職人に扮《ふん》した手下《てか》の者を町に入れるのではなく、みずから出張《でば》って来たことに、

（なにやら焦《あせ》ることでも出来《しゅったい》したのか）

などと勘ぐりもした。

いまなお水野家の横目付が、標的の姉と弟の所在どころか生死も確認できないのは、その二人が屋敷出入りの者によって武家ではなく名も変え、町人に預けら

れたのが奏功《そうこう》しているようだ。大名家の横目付であれば、探索の矛先《ほこさき》は武家が中心だったようだ。芸者と鋳掛職人など、大名家の横目付には思いも及ばなかったのだろう。

ところがその探索網に、芸者のお勢が引っかかった。

二十数年も成果の得られなかった石川儀兵衛は、忠邦公に願い出て探索網を公儀でもあるかのように広めたばかりである。ともかくどんな手がかりでもよいとばかりに、みずから乗り込んで来たものと思われる。

儀兵衛と伊右衛門のやりとりはつづいた。

「知らぬと申すか」

「へえ、手前どもはお客人に部屋を使っていただいているだけであれば、話に加わることなどございませぬ。なれど、もしさような話を聞きましたならお知らせいたしましょう。そのときはどこのどちらさまへ？」

「いやいや、当方とて詳しく話を聞いておるわけではない。これよりときおり、ふむ、茶店の伊賀屋と申したなあ。伊賀町の伊賀屋とは、覚えやすい名じゃ」

「へえ」

「来させてもらうことにしよう。わざわざそなたらのほうから、訪ねて来るには及ばぬ」

石川儀兵衛はあくまで、水野家をおもてに出そうとしない。

「それも、わしがいつも来るとは限らぬ。配下の者、たとえばきょうもわしに従《したご》うておる中間などを遣《つか》わすかも知れぬゆえ、そのときはわしと思うていろいろと応えてくれ」

と、儀兵衛は二度、三度、湯吞みに口をあて、腰を上げた。

六

三人の席で、伊賀屋伊右衛門の話はそこまでだった。

語った伊右衛門も含め、三人は緊張の態《てい》となっている。水野家の横目付、石川儀兵衛が素性を明かさず、この四ツ谷伊賀町に来たのだ。

「ついに来ましたか」

風太郎はつぶやくように言い、視線を口入屋の甲州屋甲兵衛に向けた。

「で、甲兵衛さまの話はいかような」

「いやあ、伊右衛門どのの話を聞いて驚きもうした」

と、甲兵衛は商人姿のまま武家言葉になり、

「実は、石川儀兵衛が伊右衛門どののところへお勢さんの探索に来ていたとき、ちょうどご当人は仙左どんと一緒に私のところに来ておりましてな。それで石川儀兵衛はお勢さんがこの町にいることを確認できず、もちろん顔も知らず、それで伊賀屋さんに上がったのでしょう。くわばらくわばらです」

「そのようですなあ。でお勢さんと仙左どんは、なんの口入れを頼みに？　およその見当はつきますが」

伊賀屋伊右衛門が返したのへ、風太郎はうなずいた。おなじように、お勢と仙左がいまつるんでいる理由を覚《さと》ったのだろう。

「お察しのとおりです」

甲兵衛はうなずくように言い、二人がふたたび松波屋敷への口入れを頼みに来たことと、それをやんわりと断わったことを話した。

「それはよございました」

すかさず風太郎が反応し、

「あの二人をいま松波屋敷に入れると、いかな騒動が起こるか分かりません。探索をしていたころと状況が異なります。仙左とお勢は若年寄さまの処理を不満とし、自分たちの手で松波作兵衛と太井五郎市を成敗しようとしております」

「その気持ち、よう分かる。できるなら、秘かに助《す》けてやりたいくらいだ」

「さよう」

伊賀屋伊右衛門が言ったのへ甲州屋甲兵衛がうなずいた。

「お待ちくだされ」

風太郎が慌てたように言い、先達の二人を手で制する仕草を見せた。

隠居と現役の差であろう。伊右衛門と甲兵衛は憚《はばか》るものがすでになく、正直に胸の内を吐露《とろ》したまでだ。一方、風太郎はあくまで揉め事など起こらず、世の平穏であることを念頭に置いている。

「そりゃあ私もお勢と仙左の気持ちは分かります。松波作兵衛と太井五郎市は、もっと厳しく糾弾されて然《しか》るべきです。お目付がそれを進言できないのなら、秘かにお勢と仙左に便宜を図ってやる。そのお気持ちも分からないわけではありません。したが、さきほどの伊右衛門さまの話によれば、水野家の横目付がすでにお勢に目を付けた由《よし》。ここで仙左と一緒に目立つ動きを見せ、さらに水野家が探索方の数人もこの四ツ谷伊賀町に入れたなら、たちまち仙左の存在も洗い出されましょう」

「そうなれば、水野家横目付の石川儀兵衛は、いよいよ勢いづくじゃろのう。二十数年にわたる探索が、ここに実るかも知れぬとあってはのう。こちらのあの二人、さような血筋でなければよいのじゃが」

伊賀屋伊右衛門が言って甲州屋甲兵衛がうなずき、

「そこです、問題は！」

現役の野間風太郎がまた慌てたように口を入れた。

「この町の住人となっているお勢と仙左が、百五十石小普請組の旗本松波作兵衛とその用人の太井五郎市を狙い、そのお勢と仙左を老中首座の水野家横目付の石川儀兵衛が狙う。この四ツ谷伊賀町はどうなりますか！」

風太郎の口調は、ことの重大さから焦りを載せている。

もちろん隠居の伊賀屋伊右衛門も甲州屋甲兵衛も、それは念頭にある。伊右衛門が言った。

「お勢と仙左がコトを起こすのはここ二、三日のうちと思われる。水野家横目付の石川儀兵衛が本格的にこの伊賀町に探りを入れて来るのもおなじころか、あるいは準備があって、そのあとのこととなるじゃろ」

「たぶん」

甲兵衛が相槌《あいづち》を入れる。

伊右衛門はさらに言う。

「われわれでお勢と仙左を助《す》けてやろうではないか。松波作兵衛と太井五郎市に新たな制裁を加えるのは、われわれの意志にも合致するゆえ」

甲兵衛がまた相槌を入れ、そのまま伊右衛門のあとをつないだ。

「まさかお勢と仙左は、この町で松波作兵衛と太井五郎市を誅殺《ちゅうさつ》するわけではあるまい。四ツ谷伊賀町に騒ぎが起こらねば、きょう来た水野家の石川儀兵衛がまたこの町に目をつけるのも、数日遅れよう。そのあいだにお勢と仙左をとりあえず水野家の手からどう護るか、よくよく算段しようではないか。万が一、血筋がそうであった場合に備えてのう」

風太郎がその案を受けるように言った。

「あの二人が松波作兵衛たちを私的に糾弾するのへ便宜《べんぎ》を図るのは、私とてやぶさかではありません。作兵衛たちのような者が武士にいること自体、武士の恥であると私も考えまするゆえ」

伊右衛門と甲兵衛は、そろってうなずきを入れた。

「しかり」

「したが……」

風太郎は言葉をつづけた。

「お勢と仙左ですが、水野家の横目付からも護ってやれますか」

「そなた、冷たいことを言うではないか」

伊右衛門が風太郎にきつい視線を向け、甲兵衛もそれにつづいた。

隠居の二人は、水野家の横目付からお勢と仙左を護る気でいる。もっとも二人が実の姉と弟で、水野家の探している血筋であった場合だが。

口入屋の甲州屋甲兵衛が言った。

「考えてみよ。伊賀屋《ここ》に来た石川儀兵衛は、あくまで水野家の横目付であり、幕府組織の一員ではござらぬ。水野家の横目付はあるじの命により、かつての家老の娘と息子を殺害しようとしている。むろんこれとて、老中としての下知ではない。舞台になるのは、われわれの四ツ谷伊賀町だ。これほど迷惑なことはない。ならばわれら伊賀町の者が、おなじ伊賀町に住む者をかぼうてやるは、至極《しごく》当然ではござらぬか」

伊賀屋伊右衛門も、しきりにうなずいている。

「そ、それは」

と、現役の野間風太郎は、先達の隠居二人の意志に有効な反論ができない。できないぶん、

「伊右衛門さま、甲兵衛さま。どうお考えになりましょうや」

と、これまで徒目付として胸中のいずれかに置いていた、お勢と仙左への思いを口にした。

「なにゆえあの二人は、世間に代わり松波家を成敗しようとまでしているのか、もっとも松波作兵衛と用人の太井五郎市は、若い腰元とおとなしい中間に濡れ衣を着せ殺害しました。なれどそれは屋敷内でのこと。お勢と仙左がまるで敵討《かたきう》ちのように、作兵衛と五郎市の命を狙うは、いささか行き過ぎかと」

「あははは。それはおぬしが徒目付で武家以外の世界を知らぬゆえじゃ」

茶店の伊賀屋伊右衛門が返し、口入屋の甲州屋甲兵衛があとをつないだ。

「わしらはすでに役職をしりぞき、町場に身を置いているゆえ分かるのじゃ。お勢と仙左は、出自は武家でも育ちは町場じゃ。町衆《まちしゅう》の目で武家を見る。町場の出である腰元や中間が屋敷内で殺されても、殺され損になる。理不尽すぎる。一《いっ》

矢報いたくなっても不思議はござらん。そこへもってお勢と仙左には、自分たちの出自は武家という思いがある。他人《ひと》よりもいっそう、武家の理不尽にがまんがならぬのじゃろ。いかがでござろう、伊右衛門どの」

「ふむ」

口入屋の甲兵衛に話のつづきを振られた茶店の伊右衛門は、
うなずき、

「あの二人、姉弟《きょうだい》そろうて血筋ゆえか血の気が多いようでござる」

すでにその前提に立って言っている。

「なんともわれわれは一筋縄では行かぬ姉弟を、町に置いてしまったようじゃ。ともかくどのようにさせるにも、町を挙げての騒ぎにならぬよう、この数日は、水野家横目付の目を遠ざけながら、二人の動きを掌握しておかねばならぬ。さいわい二人とも、もう武家地や武士の多い宴席で〝以前どこかのお屋敷で揉め事があって……〟などと、水野家横目付の気を引くような探りは入れていないようだから、そこは安心材料となろう」

「それは私も聞いております」

風太郎は相槌を入れるように返し、

「ならば」

と、力を得たような声で言った。

「あの者たちの動きを押さえておけば、二人を圧《お》しとどめ、武家殺しにさせないことも可能になりますなあ」

やはり野間風太郎は、現役の徒目付だ。伊賀町が騒ぎの場になることは避け、できればお勢と仙左にも人殺しをさせたくないようだ。

「むろん、それは成り行きによろうかのう。ともかく肝要なのは、あの姉弟がいまなにをしているかだ。松波屋敷への口入れを甲兵衛どのに断わられたばかりじゃでのう」

茶店の伊右衛門がこの場を締めくくるように言い、店の手代を裏手の長屋に走らせた。

すぐそこだ。待つまでもなく手代は帰って来た。

「二人とも長屋におりませぬ。そば屋の隠居夫婦が申すには、お勢さんは市ケ谷八幡町のお座敷に、仙左どんは天秤棒を担ぎ、ちょいと遠出で二、三日は帰って来ぬと、長屋の者に言ってさきほど出かけたとのことでございます」

風太郎は返した。

「仙左がいずれへ出かけたかは気になりますが、お勢と一緒でないのがかえって安心できます」

決行のときは二人一緒のはずだ。この一両日に、二人を説き伏せ敵討ちもどきの打込みを止《や》めさせることも、

（可能か）

脳裡に描いた。

七

茶店の伊賀屋に伊右衛門、甲兵衛、風太郎の三人が、深刻な表情でひたいを寄

せ合っているとき、長屋ではお勢の部屋の三和土に仙左が入り、どちらも腰を下ろさず立ち話をしていた。敷居の中に入っても、二人とも畳に腰を下ろすほど落ち着く気分になれなかったのだ。

「松波作兵衛と太井五郎市を成敗するには……」

いきなり松波屋敷に斬り込むなど、そんな無謀なことをお勢はむろん、仙左でも考えたりはしない。

「ともかく現在《いま》の松波屋敷のようすを……」

「探る方途を講じなきゃなんねえ」

と、話し合っていたのだ。

二人そろって甲州屋甲兵衛に、松波屋敷への口入れをやんわり断わられ、不満を募《つの》らせ長屋に帰って来たところだ。

（いますぐに）

それを思えば、敷居はまたいでも悠長に畳に腰を下ろす気分にはなれない。

話は三和土に立ったまま進んだ。

これから女の足で出向き、聞き込みを入れて帰って来るには、本所は遠すぎる。きょうお勢は予定に入っていた市ケ谷八幡町の料亭に出て、あした朝早くから出かけ、松波屋敷の裏門を叩き、十日間親しんだ屋敷の腰元たちに、

「中間さんも含め、その後のようすを訊いてみましょう」

ということになった。

仙左はさっそくきょうからだ。少々遠くても夜になれば、その町の木賃宿に泊まればよい。

以前にも松波屋敷の周辺をながし、すぐ近くの白壁の角に店開きをし、すでに腕のいいことは近辺に知られている。またおなじ場所で音を響かせれば、

『あら、また来てくれたのね。待ってたのよ』

と、すぐ客がつき、松波屋敷のうわさも耳に入るだろう。

「ともかくこれから出かけ、今宵は本所の木賃宿泊まりだい」

と、急いで仙左は一番奥の自分の部屋に戻り、天秤棒を肩に長屋の路地で出会ったそば屋の隠居夫婦に、

「きょうはこれから遠出で泊まりの仕事でえ」

と、行く先を告げるまでもなく急いで出かけ、お勢も、

「あたしゃ近場の市ケ谷八幡町さね」

と、長屋を出た。

伊賀屋の手代がお勢と仙左のようすを見に来たのは、このあとのことだった。

伊賀屋の手代が長屋の路地で、そば屋の隠居夫婦に二人の行く先を訊いているころ仙左は、

（甲州屋の旦那にゃ悪いが、松波屋敷への口入れなど頼まず、朝から本所に出向いていりゃあ、いまごろ松波屋敷が見えるあの白壁の角でトンカンやって、聞きてえうわさの三つ四つも耳にしていたかも知れねえぜ）

などと思いながら本所へ急いでいた。

両国橋を渡り、足が川向うの本所を踏み、松波屋敷の近くに入ったのは、すでにその日の陽が西の空にかたむきかけた時分だった。

いま立っているところから、松波屋敷の裏門が見える。以前、火を熾《おこ》しトンカンと鍋釜の底を叩いた場所である。

（ともかく近辺のお屋敷に、また来たことを知らせなきゃ）

と、鋳掛屋の触売《ふれうり》の声をながそうとしたときだった。

（……ん？）

足をとめ、出かかった声を呑み込んだ。

町というよりこの土地に、なにやら以前と異なる緊迫感を覚えたのだ。

仙左はむろん、武家地には慣れている。この場所も馴染《なじ》みになっている。町場めぐりから初めて武家地に入った行商人とは異なる。

首をかしげながらあたりを見まわした。

人影がまったくない。武家地にはよくあることだが、たまたま出歩く者の影が途切れた、……だけではなさそうだ。

この土地が、どうしたわけか、

（硬《かた》い）

空気が、そう感じられるのだ。

なぜだか分からない。首をかしげて突っ立っているだけでは、なにも見えてこない。

(ともかく動いてみよう)

思い、その場で

「いかーけ、いかけ……」

声に出し、鍋の底を木槌で叩く音を響かせた。

周囲の雰囲気のせいか、調子が出ない。

(ならば火を熾し仕事の用意をしながら、腰元衆を待つか)

普段よりも急《せ》いたことを思い、まえとおなじ松波屋敷の裏門が見える所に莚《むしろ》を敷き、ふいごを踏んで小火炉に入れる炭火を熾しはじめた。

するとどうだろう。近くの屋敷から鍋を手にした腰元が一人、

「あらあ、このまえの鋳掛屋さん。いきなりいなくなってしまうんだから」

と、急ぐようなすり足で近寄って来た。

「あっ、火の準備がまだできておりやせん。しばらくお待ちを」

仙左はふいごを踏みながら言った。町場でも小火炉の炭火の用意ができるまえに客がつくなど、そうあることではない。しかもここは武家地だ。動きは町場よりゆっくりしているはずである。

それだけではなかった。

わずかな触売の声と木槌で鍋を打つ音で、いくらかの屋敷には鋳掛屋の来たことは伝わったようだ。

また一人、近くの別の屋敷から釜を持った腰元が、おなじようにすり足で急ぎ来た。小火炉に炭火の用意もできないうちに複数の客がつくなど、武家地にあってはおよそ考えられないことだ。

もはやこの現象は、仙左の鋳掛仕事の巧《たく》みさが故《ゆえ》でないことは明らかだ。

仙左はいま一心不乱に鍋の底を打っているのではなく、立ってふいごを一所懸命に踏んでいる。腰元衆もそれに合わせたか、穴の開いた鍋釜を持って来ながら鋳掛屋を無視するように、

「あらあ。そちらのお屋敷じゃ、あなたが？」

「あなたのお屋敷も、そうなのね」

などと、腰元同士で立ち話のかたちになった。

仙左も立っているのだから、座り込んで鍋釜を打っているときより格段に話しやすい。

ふいごを踏みながら腰元二人の話に、思い切って喙《くち》を容《い》れた。

「ちょ、ちょっと、姐《ねえ》さん方。いってえなんなんですかい。さっきからこの土地にわけの分からねえものを感じておりやす。そこへ姐さん方が出て来なすって、またわけの分からねえことを。あっしゃさっき、この土地に入《へえ》ってから狐につままれたみてえな思いでさあ。土地《ここ》になにかありやしたので？」

この地に一歩踏み入れてからの、得体の知れない戸惑いをここぞとばかりに吐《と》露《ろ》した。

腰元の一人が受けた。

「あぁら、そんなこと。誰も係り合いたくないことなんですよう。それに余所《よそ》から来た人には、この土地の者にとっちゃあまり知られたくないことだしねえ」

「そう、そうよねえ」

もう一人の腰元も、ぎこちなく相槌を打つ。言っている腰元の台詞《せりふ》が、どうも歯切れが悪い。

仙左はますます分からなくなり、足の動きをとめて二人の顔を交互に見た。いずれも自分とおなじ二十代なかばか、柄《がら》はそれぞれに異なるが派手ではない矢羽《やば》根《ね》模様を着こなした腰元姿だ。屋敷奉公にけっこう年季を積み、出自は分からないがすっかり武家屋敷の者になっていることが看《み》て取《と》れる。

「だからなんなんですかい。余所から来た人ってえ、あっしみてえな出職《でじょく》や行商の者も含まれるので？」

「それはともかく。事件は外というより、お屋敷同然の所で起こったことだし」

「まあ、町場で起こっていても、さほど変わりはなかったでしょうが……」

ますますわけの分からないことを言う。

「だからいってえ、なにがどうなっているんで!?　あっしにゃなにも見えてきやせんぜ」

仙左はいささか苛立《いらだ》ちを覚えた。

「だからあ」

と、腰元の一人が顔をそむけた。

もう一人もそれにつづいた。

「えっ」

と、仙左もそれに倣《なら》った。腰元二人は仙左から顔をそむけたのではなく、松波屋敷の裏門のほうへ視線を向けたのだ。

『あのお屋敷にまたなにか……』

仙左が訊こうとしたとき、その裏口のくぐり門が開き、中から鍋を手にした腰元が一人出てきた。仙左のほうを見て、急ぎ足になろうとする。

「あ、お鍋持ってる。こっちへ来る」

「よかったあ。あたしたち、ここに来た甲斐《かい》があった」

などと先客の腰元二人は言う。

もしここにお勢がいたなら、

『あらあ、あの人！』

声を上げ、急ぎ足で近寄って来る松波屋敷の腰元はお勢と、

『あら、戻って来たのですか？　また、どうして』

などと言葉を交わしていただろう。十日間の探りでおなじ釜の飯を喰った腰元なのだ。

だがここにいま、お勢はいない。

（まあいいわさ。腰元三人のやりとりになりゃあ、なにか分かることがあるかも知れねえ）

仙左はそこまで解釈する余裕を得た。先客の二人もおしゃべりを望んでいるというより、それが目的で穴の開いた鍋釜を持って出て来ているようだ。

（さあ、早《はよ》う）

先客の二人が望んでいるであろうことを、仙左も胸中に念じた。

そのときだった。

松波屋敷の裏口のくぐり門がまた勢いよく開き、こんどは中間が一人飛び出て来た。急ぎ足の腰元に声をかけ、走って追いかける。遠くてなにを言っているか聞こえなかったが、すぐに追いついた。腰元の袖をつかんだ。

「あぁぁ」

困惑の声を上げたのは、先客の一人だった。

かなり近くになっている。中間と腰元の声は聞き取れた。

「でも、どれだけ広がっているか訊くのに、いい機会だからって」

腰元が言った。

「だめだとご用人さまが。こっちからも話さなきゃならんから、と」

「そ、そりゃあそうだけど……」

と、松波屋敷の腰元。

「さあ、戻りなされ。あんたも殺されたいか！」

「んんん」

松波屋敷の腰元は全身の力を抜き、追いかけて来た中間に従うかたちになった。

「あぁあ」

残念そうな声は、先客のもう一人の腰元だった。

仙左にとってこのとき、中間から腰元を引き離すなど、天秤棒を使えば簡単だったろう。だが、なぜこうした展開なのか、背景が分からないまま天秤棒を振るうなど、それこそ無謀だ。

「むむむっ」

仙左も先客二人と、うめきながら傍観する以外になかった。

視界に入る武家地の光景に、緊張を帯びた静かさが戻った。先客の腰元二人も鍋釜を手に、興奮しかけた気を静めたようだ。

（こいつはいい）

仙左は思った。この二人の腰元に訊きたいことが増えた。だがさっきの異常を引きずったままでは聞き出せない。これまでやってきたように、鍋釜を打つ音に問いを載せるのが、最も自然なやり方だ。

「おっ。ちょうどよござんした。いい火加減になりやした」

と、小火炉に炭火を移し、

「もうちょいお待ちを。すぐに打ちやすので」

と、鉛《なまり》と錫《すず》の合金を溶かし始めた。

一心不乱に打込んでいるときより、いまのほうが話しやすい。

「ところで姐《ねえ》さん方、さっきのはなんだったんですかい。驚きやしたぜ、お中間とお女中が揉み合うみてえに。挙句《あげく》にゃ〝殺されたいか〟などと。尋常じゃありやせんぜ。いまこの土地を覆《おお》っている、みょうな感じと関係あるような」

「あら、鋳掛屋さん。トンカンの腕だけじゃなくって、耳のほうも確実なんですねえ。お見それしました。あのお屋敷の、あたしたちの同業とお中間さん、慥《たし》かに揉めていました」

「しかもそれが濡れ衣で死者まで出した松波屋敷とあっては、もうあたしたちがかばい立てするにも無理がありそうね」

脈のある返事に仙左は心ノ臓を高鳴らせ、

「やはりあの松波屋敷ですかい。あまりいいうわさは聞いちゃおりやせんが」

と、つぎの言葉を催促するように、熱くなった合金に注意しながら、腰元二人の顔を見つめた。

一人が言う。

「あのお屋敷、人殺しがまたあったのですよう」

「なんですと!?」

仙左の心ノ臓は高鳴った。

「そう。行商の人が幾人か見ているなか、一太刀《ひとたち》で、お屋敷の正面門前のほうで」

「ひ、一太刀！　だれが誰を!?　またお女中と中間さんが!?」

仙左は興奮を隠さない。

もう一人の腰元が言った。

「そのどちらでもありません」

「な、ならば誰が!?」

「町場の商家のお人です」

「お店者《たなもの》? また、どうして!!」

「無礼打ちです」

「な、なんと!」

仙左は絶句した。世にいう斬り捨て御免の暴虐《ぼうぎゃく》ではないか。町人が武士に対し無礼があったとき、その町人を斬り捨てても罪には問われない。斬られたほうは殺され損の、理不尽極《きわ》まりない悪習である。なにが殺されるほどの〝無礼〟にあたるのか。基準などない。そのときの武士が決める。

「いつ、いつですかい!?」

どちらの腰元が応えたのか、仙左は覚えていない。

「きょう、東の空に陽がいくらか高くなったころです」

なんと、四ツ谷伊賀町では仙左とお勢が、甲州屋に松波屋敷への奉公の口入れを頼み、伊賀屋では水野家横目付の石川儀兵衛が部屋に上がり、あるじの伊右衛門を呼んでお勢についての聞き込みを入れていたときではないか。

いま話している腰元二人は、見ていた者が幾人かいると聞いているだけで、直接見たわけではない。現場は松波屋敷の正面門のすぐ前というではないか。斬り捨てのあと死体はすぐ屋敷の中に運び込んで商家に引き取らせ、血の跡なども痕跡を消すように洗い流され、松波屋敷はすべての門を閉じ、外と連絡を断つかたちになった。

近辺の屋敷の者は真相が知りたい。だが、問い合わせるべきところがない。そこへ仙左が鋳掛の天秤棒を担ぎ、歩を踏んだことになる。そのとき全身に感じた違和感は、その理不尽な事件の余韻《よいん》だったのだ。

鋳掛屋が商いを始めれば、そこにうわさが飛び交い真相を知るきっかけが得られると判断した屋敷もあった。まず二カ所から腰元が出て来た。それがいま仙左と話をしている二人だ。

松波屋敷でも、現場を幾人かの行商人に見られている。近辺にうわさがどのように出まわっているか知りたい。さいわい鋳掛屋がすぐ近くに店開きをし、他家の腰元がそこに出て来た。その者に訊けば、うわさの出まわり具合が分かるかも知れない。そこで女中頭が腰元に鍋を一つ持たせ外に出した。それに気づいた用人が、いま腰元を外に出せば逆に無礼打ちの真相などをべらべら喋りかねないと危惧し、引き止めに中間を一人急いで出した。それがさきほどの、仙左と腰元二人の目の前で展開された光景だったのだ。松波屋敷ではいま、どんなことにも極度に神経を尖《とが》らせているようだ。

また一人、近くの屋敷であろう腰元が、鍋を手に出て来た。

「あらあ、あなたも」

と、先客の一人が言う。近隣のよしみか、顔見知りのようだ。

「ええ、午前中の件でうわさがながれていないかと思って」

おなじ目的のようだ。

もう一人の先客が、

「それなら、きょうはもうだめみたい」

と、さきほど松波屋敷の腰元が一人、中間に連れ戻された話をした。

仙左はいま、今宵この地の木賃宿に泊まり込むよりも、ひと呼吸でも早く四ツ谷伊賀町に戻りたい思いになっている。周辺の屋敷の者も、詳しい状況を知らない。

（帰《けえ》って、野間の旦那に）

と、思ったのだ。本業が旗本支配の徒目付だ。半日あれば屋敷の内情に踏み込めよう。いま三人の腰元に鋳掛の順番を待たれたのでは、暗くなってもまだ打ち終わらないだろう。

「へい、姐さん方、すいやせん。きょうはお一人にして、あしたまたこの場へ来させてもらうってことでいかがでやしょう」

話すと三人ともよろこんで承知した。腰元衆の目的は鍋釜の穴を塞ぐよりも、松波屋敷のうわさを集めることだ。さきほどの光景も、屋敷に戻って話す価値はありそうだ。あしたになれば、また新たな話や機会があるかも知れない。

二人はさっさと帰るのではなく、一人の鍋が打ち終わるのを、別のうわさ話などをしながら待った。

いま仙左は一心不乱の仕事に入っている。ひと打ちひと打ちのそこに雑念を払

えばこそ、

（無礼打ちだと？　殺《や》りやがったのは作兵衛かい五郎市かい。真相が如何《いか》にあろうと、許せねえぜ。断じてようっ）

思いが湧き起こる。その念は誰がいかようになだめようと、効果のないものへと高まっていった。

「へいっ、打ち終わりやした。あ、いま触《さわ》っちゃ熱うござんすぜ」

と、ひと息ついたのは、間もなく西の空に陽が沈もうかという時分だった。

急いで荷をまとめた。

三　せめぎ合い

一

提灯《ちょうちん》まではまだ必要としないが、すでに夕刻である。
道行く者がふり返り、
『ああ、ちょいと。あんた』
声をかけようとするが、対象の者は通り過ぎてしまっている。
長い天秤棒の鋳掛屋は、ともかく急いでいる。
せっかく居合わせた本所の現場を、急ぎ離れようとする仙左の選択は間違っていない。

現場に残っていても、肝心の松波屋敷は状況が洩れないように門戸《もんこ》を閉ざし、周囲の屋敷はようすを探ろうと鋳掛屋が来たのをさいわいに、腰元たちに鍋釜《なべかま》を持たせて出して来る。だがそこに、松波屋敷からはなにもながれて来ない。この分ならきょうはもう事態に動きはないだろう。

現地の木賃宿に泊まるより、思い切って四ツ谷伊賀町に取って返し、徒目付《かちめつけ》の力量で調べてもらったほうが手っ取り早いぜ)

（野間の旦那をはじめ伊賀屋と甲州屋にも手を出してもらい、
そう解釈したのだ。

一人目の客の鍋を打ち終わると、

「――へいっ、申しわけありやせん。きょうはこれで」

と、店じまいにしたのだ。

だからといって鋳掛屋はサッと荷をまとめ、天秤棒に引っかけて引き揚げるわけにはいかない。炭火がいまを盛りと燃えている。水をぶっかけ、湯気の立っているまま小火炉を天秤棒に引っかけ、引き揚げる。道ですれ違った者には天秤棒の荷が燃えて煙が出ているように見える。

「――ちょいと、あんた。煙が！」

声をかけてくるのは親切からだ。

「――へいっ、消してありやすんで」

と、その親切に応《こた》える。

両国橋を西に渡ったころ、そうした声も聞かれなくなった。炭から煙も湯気も立たなくなっていたことにもよるが、あたりが暗くなり、わずかな湯気ではもう見えなくなっていたのだ。

「おっとっと」

天秤棒を担いでの速足である。また石につまずいた。

提灯なしで地面の起伏や石の出っ張りを避けるのだから、ついすり足になる。

外堀に沿った往還に四ツ谷御門の前を過ぎ、足が甲州街道から伊賀町の枝道に入ったとき、すっかり夜も更け息も切れぎれになっていた。

あたりに灯りはない。長屋の今月の木戸当番が仙左であれば、閉める者がおらず開いたままだった。頼んだ住人が忘れているんだろう。かえって好都合だった。

一番手前の腰高障子をひかえ目に叩き、

「姐《あね》さんへ。えー、姐さんへ」

低く声を入れた。周囲を起こさないためだ。

三度目か四度目で、部屋の中に動きが感じられた。

灯りのないままに下り、この時分に仙左が来たことに、

「エッ、仙左さん。あんた、今宵は本所泊まりじゃなかったの」

驚くお勢に仙左は、開けられた障子戸から首だけ中に入れ、

「理由《わけ》はあとで話しまさあ。こんな時分だが、伊賀屋に集まってくんねえ。俺はこれから行って待ってるぜ」

お勢は乱れた寝間着のままだが、暗くてなにも見えない。声だけのやりとりになっている。

「なにかあったようね。いったいなにが？」

「松波屋敷がまたやりやがった」

「えっ。またって、濡れ衣!?」

「こんどはそれじゃねえ。斬り捨て御免の無礼打ちだ、お店者《たなもの》をなあ」

「ええ、無礼打ち！　言葉は知ってるけど、まさか実際にやるなんて!?」

「それが、やりやがったのよ。ともかく俺は伊賀屋へ！　詳しくはそこで」

「はいな」

お勢の声を背に仙左は天秤棒を、お勢の部屋だが腰高障子の前に降ろし、

「おっとっと」

また石につまずきそうになった。

「あ、気をつけて。あたしもすぐっ」

「おう、待ってるぜ」

長屋の木戸を出ておもての伊賀屋に向かった。

正面門を激しく叩くと、手代が驚いて出て来た。

伊賀屋でも驚き、深夜というのにたちまち廊下にも玄関にも灯りが点《つ》けられ、

番頭と手代が野間屋敷と甲州屋に走った。

二

すぐだった。伊賀屋の奥の一室に、いつもの顔ぶれがそろった。仙左の放った、

――松波屋敷がお店者を無礼打ちにっ
の一言が効いている。いずれもその言葉は知っていても、実際にあったと聞くのは初めてだ。すでに世の第一線から退いている伊右衛門も甲兵衛もそうだった。それぞれ着替えをし、お勢も一緒だというので、打掛けを羽織ってもいる。お勢は化粧こそしていないものの、髷《まげ》の乱れはなおしている。

「まっことか、松波屋敷の者がお店者を無礼打ちなどと。詳しく話せ。殺《や》ったのはあるじの作兵衛か、用人の五郎市か」

風太郎が行燈《あんどん》の灯りのなかに、視線を仙左に釘づけた。松波屋敷で不逞《ふてい》の輩《やから》といえば、まずこの二人である。

仙左は女中の出した茶を数杯たてつづけにすすり、心ノ臓の動悸をほぼ平常に近づけた。

視線を仙左に釘づけているのは、風太郎ばかりではない。伊賀屋伊右衛門も甲州屋甲兵衛も、お勢もまたおなじである。詳しくはまだ聞かされていないのだ。

それらの視線のなかに仙左はまた湯呑みを口に運び、ひと口湿らせてから言った。心ノ臓がようやく平常に戻ったようだ。

「作兵衛か五郎市か、まだ定《さだ》かじゃございやせん。松波屋敷はどの門も閉じて他家との交わりを断ち、周囲の屋敷はなんとかようすを知ろうとしておりやすが、事態はまえに進んじゃおりやせん」

と、その土地を一歩踏んだときの感想から、腰元たちが鋳掛屋でのおしゃべりから情報を得ようとしているようすに、松波屋敷から腰元と中間が飛び出て来たときの屋敷の者同士の諍《いさか》い、それに斬り捨て御免の現場が松波屋敷の正面門のすぐ前で、幾人かの行商人が見ていたらしいことなどをつぶさに語り、

「これじゃ松波屋敷のまわりをあしたまで張っても埒《らち》はあかず、ここはひとつ四

ツ谷に駈け戻り、徒目付の旦那衆に調べてもろうたほうが早《はえ》えんじゃねえかと思い、こんな時分でやすが急ぎ戻って来たって寸法で」

「ならば、詳しいことはまだなにも分からない、と」

お勢がさきほど〝無礼打ち〟と聞いたときの興奮にくらべ、落ち着いたものの詳細の分からないことに不満を載せた反応を見せた。

隠居と現役の三人の徒目付衆の反応はさらに落ち着き、すでに事態解明への意志を見せていた。

「ふむ」

と、風太郎はうなずき、伊右衛門と甲兵衛の二人と視線を交わし、

「やはり手を下したのは、あるじの松波作兵衛か用人の太井五郎市に相違ありますまい」

「おそらく」

「それにしても、無礼打ちまでやるとは信じられん」

伊右衛門がうなずくように言ったのへ、甲兵衛がつないだ。

仙左が怒ったように言う。

「信じる信じねえじゃのうて、実際にあったんでさあ。やつら、やりやがったんですぜ」

「分かっておる」

風太郎が仙左を手で制した。

お勢が問うように言った。

「お徒目付のお三方《さんかた》、なにかお心当たりでも？」

風太郎たちがなんらかの返事をするよりも早く仙左が、

「ほっ、そうなんですかい。なにかお心当たりが!?」

と、三人に視線を向けた。

実際に、三人になにか心当たりがあるように感じられたのだ。

風太郎はかすかにうなずいた。

それを見た仙左がまた声を上げた。

「うひょー。こりゃあ無理して早《はよ》う帰《けえ》って来た甲斐《かい》がありやしたぜ。なあ、お勢さん！」

「そう、そのようね」

さきほど覚えた不満などどこに消えたか、仙左に向けたねぎらいの視線を、そのまま風太郎らに向けた。

この茶店のあるじ伊賀屋伊右衛門がお勢の視線を受け、

「松波屋敷に若年寄の処断が下ったからといって、われら徒目付の役務が終わったわけではない」

伊右衛門はいま伊賀屋のあるじとしてではなく、元徒目付で野間風太郎の先達の立場で話している。

「その後も風太郎どのをはじめ、複数の徒目付の目が松波屋敷に向けられておる。あの屋敷は特別じゃ。目が離せんわい」

「と、申しやすと？」

仙左はあぐら居のまま上体を前にかたむけた。

甲兵衛も応えた。やはり口入屋の口調ではなく、元徒目付として話している。

風太郎が緊張した顔になっているのが、行燈の灯りからも看て取《みと》れる。先達が二人も深夜の部屋にいるのだ。

その一人、甲兵衛は言う。

「松波屋敷のあるじと用人は、けっこうな暮らしをしておる。百五十石小普請組となったいまもな。これはいったいなにゆえか」

仙左とお勢は顔を見合わせた。おなじ疑念を持っているのだ。

甲兵衛は言った。

「あの屋敷は、おぬしらの働きで、もう目付には戻れぬ。じゃが、旗本屋敷には違いない。だから徒目付がいまなお注視しておるのじゃ。このさきは風太郎どの、おぬしから話したほうがよいじゃろう。お勢さんも仙左どんも、大事なわれらの仲間じゃからのう」

「そのとおり。仙左、今宵はよう本所から走り戻り、松波屋敷に以前にも勝《まさ》る事件のあったことを報《しら》せてくれた」

風太郎は語り、

「いままで役務の極秘に関することゆえ黙っておったが、事態はそなたらゆえに話さなければならなくなった」

「えっ、どういうことで？」

「賜《たま》わりましょう」

二人は聞く姿勢をとった。

それによると、松波屋敷ではこれまで目付の地位を利用し、屋敷の運営や役職の遂行に問題ある旗本に積極的に近づき、事態を穏便に収めるためと称し、ふんだんに袖の下を取っていた。

「松波作兵衛はまた、太井五郎市の補佐で江戸中からそうした理由《わけ》ありの旗本を見つけ出すのに、実に長《た》けておってのう」

いまは茶店を設けて現役の徒目付を助《す》けている伊賀屋伊右衛門が語れば、口入屋になっている甲州屋甲兵衛も言った。

「それを役務に生かしたなら、実に有能なお目付になったはずだが、逆に目付の権威を失墜させる方向に行ってしもうたのよ。贅沢な暮らしに、目がくらんだのかのう」

　仙左が反駁《はんばく》するように返した。

「百五十石の小普請組となり、そこから這《は》い上がれない身となっては、もうそんな甘い汁は吸えんでやしょう」

「いや、それがまだやっておるのだ。そうだからと言ったほうが、当たっていようかのう」

「えっ、いかように」

　風太郎の応《こた》えに思わずお勢が喙《くち》を容《い》れた。

　松波作兵衛は、武家との縁を求めて屋敷に来る商家の者に、

「――なあに。これまで培《つちか》った人脈は多《おお》うござる。無役の小普請組に組込まれたおかげで、かえって動きやすうなりもうしたわい」

　などとうそぶいているらしい。

「いまだに調子のいいことを言うてな。それを信じるお店者がいるというから悲しい。腹も立つ。商家の者にも、むろん松波作兵衛にもだ」

「なるほど、それで仲介料を取るってえ寸法ですかい」

仙左は返し、

『したが、無役の貧乏侍《ざむれえ》に……』

仙左は言いかけた言葉を呑み込んだ。

風太郎も、それに伊右衛門も甲兵衛も禄は少なく、その言葉の範疇《はんちゅう》に入るのだ。

だが、

(――このお人ら、清廉潔白《せいれんけっぱく》)

仙左もお勢も日ごろから思っている。

仙左はあらためて言った。

「つまり、その、無役の侍に、なんでそんなことができやすんで?」

「できぬ、本来なら」

と、風太郎は言う。

お勢がまた言った。

「つまり、そこにいざこざが発生し、そうしたなかにこたびの無礼打ちが起きたのですね」

伊右衛門と甲兵衛が、

（さすが、お勢さん。呑み込みが早い）

といった表情で、無言のうなずきを入れた。

「許せねえ、そんなことで！」

仙左の表情も、いよいよ真剣みを帯びてくる。

「で、斬られたお店者というのは、どこのどなたで!?」

「賄賂《まいない》だけ取られて、便宜《べんぎ》を供《きょう》されていない商家の一人だ」

「でやすから、その商家たあどこのどなたで？　まあ、いい思いをしようと松波屋敷なんぞへ近づくたあ、あまり感心しやせんがね」

仙左はその商家も非難するが、お勢は、

「どこのお店《たな》も、商《あきな》いには命をかけておいでですからねえ」

と、いくらか商家を擁護し、仙左とともに視線を風太郎に向けた。

（心当たりの商家は……？）

訊いているのだ。

「確証はないが」

と、風太郎は二人の視線に応じた。

いま最も目立って松波屋敷に出入りし、袖の下をそのたびに重ね、額も驚くほどになっていると思われるのは、

「日本橋室町《にほんばしむろまち》に暖簾《のれん》を張る、橘屋《たちばなや》というろうそく問屋だ」

「えぇえ！」

「たちばな屋さん！」

仙左とお勢は同時に声を上げた。二人とも、その商家を知っているのだ。

仙左は鋳掛の仕事で数日、家の奥まで入ったことがあり、お勢は橘屋が主催するお座敷に、幾度か上がったことがある。

風太郎はつづけた。

「多くの商家は、ある程度のところで脈なしと判断すれば身を引き、袖の下を包んだ損失には目をつぶるようだが、橘屋はもう引くに引けぬところまで踏み込ん

でしまったか、松波屋敷とけっこう揉めていると伝え聞いておる」

「そんならよ、商いに命をかけてほんとに命を落としちまったってえのは、そのろうそく問屋の橘屋で？　引き返せねえほど深追いしたばっかりに……」

「なんとも残忍な。して、斬られなさったのは、橘屋さんのどなたでしょうか」

仙左の言葉にお勢がつづけて問いを入れ、風太郎が応えるように返した。

「橘屋じゃ無礼打ちに遭うなど、夢にも思わなかったろう。殺されたのは喰い下がるか退くか、その場で自在に判断できるあるじの煌兵衛《こうべえ》ではのうて、あるじに言われるまま喰い下がるしかなかった番頭か手代であろう。商家の奉公人というのも、辛いものよ」

商人姿の伊右衛門と甲兵衛が、しきりにうなずきを入れている。奉公人の気持ちを解しているようだ。

仙左とお勢も視線を合わせ、うなずきを交わした。

（ならば、どのお人）

おなじ思いになっている。それぞれに幾人かの奉公人の顔を、脳裡に浮かべているのかも知れない。

風太郎はつづけた。

「だが、松波屋敷が門戸を閉じてしもうたなら、真相を探り出すのはどの徒目付であろうと、その配下の御小人目付であろうと、困難になろうかのう」

「へへん、及ばずながら」

と、仙左は胸を張って声を出し、お勢も、

「あたしも」

と、つづけて言った。

二人は風太郎の話を聞きながらその気になったというより、仙左は端《はな》からその気で伊賀町に駈け戻り、お勢はすでにあす早くに松波屋敷の裏門に訪《おとな》いを入れ、女中頭に詳しく訊くつもりになっている。

話を風太郎に任せていた甲兵衛が言った。

「事態はきょうの午前《ひるまえ》と現在《いま》とでは、すでに異なる。私が人手《ひとで》のご用聞きをよそおって松波屋敷の裏門を叩いても、中には入れてもらえんじゃろ」

お勢がすかさず返した。

「あたしなら中に入らずとも、顔見知りを訪《たず》ねて行くのです。その場で立ち話ででも中のようすを訊くことはできます」

「へへん、あっしなんざあしたの朝から、また松波屋敷の近くで店開きすることになってまさあ。鍋や釜を持って来なさるお腰元衆も、すでに幾人か決まっておりやしてね。おっとそれよりも室町に行って、近辺に当たってみやしょうかい。橘屋に葬儀がありゃあ、事情はけっこう聞き出せやしょうかい」

風太郎があぐら居のまま上体を前にかたむけ、

「やってくれるか」

伊右衛門も甲兵衛も、風太郎の声にうなずきを入れていた。

無礼打ちと聞き、伊賀町に取って返した仙左だが、ふたたび川向うの本所の松波屋敷へ、さらには日本橋室町の橘屋の近辺にまで出向くこととなった。お勢もおそらく日本橋室町にもつき合うだろう。二人は徒目付に差配される御小人目付ではないが、それ以上の仕事をしようとしている。

三

夜が明けたばかりだ。

「なんだね、仙左どん。きのうからどっかへ泊まりじゃなかったのかね」

長屋の路地で、そば屋の隠居の亭主が言ったのへ、

「ああ、きのうは中途半端に帰《けえ》っちまったい。きょうまた天秤棒を担いで出直しでえ。こんどいつ帰《けえ》るか、向うさん次第さ」

仙左は返した。

これからの予定は、まったくそのとおりなのだ。〝向うさん〟とは、聞き込みのようすを指し、それ次第で次の算段が変わるということだ。

ひと足遅れて、お勢も長屋を出た。地味な着物で風呂敷包みを手に、目立たない町場のおかみさん風を拵《こしら》えている。しかもわらじに着物の裾《すそ》をたくし上げ、手甲《てっこう》をはめて杖を持ち、頭には手拭いをふわりと載せ、軽い旅装束だ。

街道へ出た所で、地味な羽織に二本差しの野間風太郎が待っていた。見送りである。街道にはすでに旅姿の者が出ている。そこが四ツ谷であれば、多くは内藤《ないとう》新宿《しんじゅく》のほうへ向かっている。これから甲州方面へ旅立つのだろう。

それら旅姿と逆方向へ歩を踏もうとしているお勢に、

「相済まぬ、また頼んでしもうて」

「旦那が詫《わ》びを言うことなど、ありゃしませんよう。あたしも仙左さんも、やらなきゃならないと思うてやっていることですから」

「わしはおまえたちの、その感覚が恐ろしくもあるわい。ともかくこたびも粛々《しゅくしゅく》と進めてくれ」

「なんですかねえ、それは」

と、お勢は軽くいなし、街道に歩を踏み出した。

背に風太郎の視線を受けているうちに、

（ふふふ。あの旦那、あたしたちが衝動に駆られるのを警戒しているみたい。あたしも仙左さんも、そんなんじゃありませんよう）

思うと同時に、ハッとするものを感じた。

いま動いているのは、二人一緒ではない。目的は一つだが、動きは個別だ。しかしお勢には、仙左のようすもその発想も、手に取るように見える。仙左もまた、お勢に対してそうであるはずだ。

お互い、それを口に出して確かめたことはない。だが、分かるのだ。

これまで幾度も感じてきたことが、いまあらためて胸中に込み上げてきたのだ。

（やはりあたしたち、血を分けた姉弟《きょうだい》……）

ふり返った。街道に人は増え、風太郎の姿はもう見えなかった。〝姉弟〟との思いのみが、お勢の心に残った。

お勢が両国橋を経て本所の地を踏んだとき、すでに陽は高く、松波屋敷の近くで仙左は小火炉に炭火を入れ、仕事を始めていた。

ふいごを踏み始めると、きのうの腰元二人がすぐに出て来た。

「――約束、守ってくれたのですねえ」

と、馴染みとなった仙左に好意的だった。

そこに風呂敷包みを手にしたお勢が通りかかる。

（あの人たちなのね。仙左さんが言っていた、うわさ集めの腰元さんたち）

思いながら、打ち合わせたとおりトンカンの近くに歩を進め、

（あたしもいま着きましたよ）

と、姿を見せてから、松波屋敷のほうへ向かった。

「ふーっ」

仙左はひと息入れ、手でひたいの汗をぬぐった。

腰元衆のおしゃべりのなかに、まだ松波屋敷のうわさは出ていない。どの屋敷がどれだけの話をつかんでいるか……。それも探るように女中頭に言われ、互いに牽制《けんせい》し合っているようだ。

お勢が松波屋敷のほうへ去ってから、腰元がもう一人増えた。さらに増えれば、鋳掛の仕事はもう午後への持ち越しとなる。

（やはり、こうなったかい）

仙左は内心つぶやいた。

昨夜、伊賀屋で話し合ったとき、仙左は風太郎から、日本橋の室町に行って橘屋の近辺をながし、店のようすを聞き込んでくれぬかと依頼された。

だが、いま仙左の前に顔をそろえている腰元衆に、きょうは朝から来ると約束していた。腰元衆からうわさを集めるには、約束を守り信を得ておかねばならない。

「――ならば午後に日本橋室町へ」

とも思ったが、一日で本所と日本橋では無理がある。結局、きょうの仕事のようすを見てから、次の算段をすることにしたのだ。室町への探索を断わったわけではない。その逆で、お勢も仙左もいますぐにも室町の橘屋へ聞き込みを入れたいくらいである。

三人の腰元に囲まれ、鋳掛の手を休めた仙左は、

「きのうはこの一帯、みょうな雰囲気でしたが、きょうは落ち着いていやすねえ。

一日でこうも変わるたあ、どういうわけでござんしょうか」

と、仙左のほうから昨日の話題を切り出した。きょう一日この場で鍋釜の底を打つ算段だから、時間はたっぷりとある。それにきのうと違い、無礼打ちに遭ったのは日本橋のろうそく問屋の者らしいとの前知識も得ている。自分から提供するうわさを持っておれば、それだけ相手からもうわさを引き出せることになる。

「あらら、鋳掛屋さんのほうこそ、きのうにくらべ、ずいぶん落ち着いているじゃないですか。無礼打ちも一日経《た》てば、そう衝撃でもなくなりましたか」

案の定、腰元の一人が乗って来た。

仙左はここぞとばかりに、

「いいえ、衝撃は衝撃でさあ。いまだに信じられねえくれえに。したが、あったのは事実なんでやしょう」

「そう。あったのですよ、斬り捨て御免の無礼打ちが」

「いまどきねえ」

きのうからのもう一人の腰元が応じ、新たに来た腰元も話に加わった。

仙左は返した。

「そうでやしょう。いえね、きのうはあまりにもの驚きから、つい思い至らなかったのでやすが、あそこの松波屋敷ですか。ろうそく屋が一軒、しきりに出入りし、なにやら揉めているみてえだってことを、町場で聞いたことがありまさあ。なにを揉めていたのかは知りやせんが、きのう無礼打ちに遭ったってのは、そのろうそく屋じゃねえかと、ふと思いやしてね」

「そうそう、それ。ろうそく屋さんといっても、けっこう大きな問屋さんらしいですよう」

きょう新たに加わった腰元が言う。

すかさずきのうからの腰元も、

「えっ、あなたのお屋敷、そこまでつかんでいたの!?」

「教えて、おしえて! どこのなんていう問屋さん? それに、殺すほどの揉め事って!?」

座はたちまち腰元たちの、つかんでいる情報の探り合いの場となった。

仙左の望むところだ。

――トンカンカン
ふたたび打ち始めた。そのほうが腰元たちにとっては、心置きなく話ができる。気がつけば人数が増え、きのう鍋を打った腰元まで出て来ていた。目的は分かっている。話には当然、松波屋敷から腰元が走り出て来てすぐに中間に引き戻された一件も入っている。仙左は木槌を打ちながら、聞き耳を立てている。

「まあ、そんなに!?」

と、話は松波屋敷の腰元と中間が、派手に揉み合ったようになっていた。

腰元たちの話は進んだ。

「ここ数日でしたねえ。松波屋敷の表門の前で、お店者《たなもの》風の人が中に入れてもらえず、よく立ちん坊をしていましたよ」

「あっ。それ、裏門のほうでも」

どうやら日本橋室町の橋屋は、出入りというより出入りそのものを屋敷から差

し止められ、無理やり押しかけて、

「それで無礼打ち⁉」

「なんで押しかけていたの……？」

と、やはり腰元たちは武家屋敷の人間か、話しぶりのなかに殺されたお店者への同情も、無礼打ちの理不尽さへの非難も浅いようだ。

（おめえさんらも、町場の出《で》じゃねえのかい）

と、仙左は憤《いきどお》りに近いものを感じた。

木槌の手を休め、

「天下の往来で刀を振るい、血も流れてたでやしょう」

と、腰元たちのお店者への同情心を呼び起こそうとした。

腰元の一人が言った。

「松波屋敷のお人ら、なんの痕跡も残さないほど、さっさとあとかたづけをしたみたいよ」

「お屋敷内ではどんな具合だったのか。あの屋敷の同業のお人ら、なんとかまた出て来ないかしら」

「こんど出て来たら、中間さんに連れ戻されるまえにあたしたちで護《まも》り、お屋敷内のようすを聞き出しましょうよ」

などと物騒な話になり、

「そう、それがいい」

と、声が出たのへ、各屋敷の腰元たちは一斉に松波屋敷のほうへ視線を投げた。

つぶやく者がいた。

「そこを訊いて来いって、おもてに出されたのだから……」

「そう、それよ」

また一人が言う。

中間たちもそこに加わりはじめた。

鍋や釜の底を打ちながら仙左は聞き耳を立てたが、話はおなじことのくり返しで、松波屋敷の内情にまでは進まなかった。

仙左にも問いがかけられた。新たに加わった中間だ。

「おう、鋳掛屋。おめえさん、あっちこっち出歩いているんなら、あの屋敷のことでなにか聞いちゃいねえかい」

「へえ。あのお屋敷、松波さまでやすか。なんでも町場の商家からけっこう利を得ておいでとか」

と、賄賂《まいない》のやりとりをにおわせ、

「そこがいざこざの素《もと》になっているとか……」

思わせぶりな話に、中間も腰元も乗って来た。

「それそれ。ろうそく問屋って聞いたけど」

「で、ろうそく問屋となにがどう揉めていたんでえ」

そこを各屋敷は知りたがっている。おなじ商家と似たようなことで自家も係り合っておれば、若年寄から目をつけられ、屋敷の周辺に徒目付やその配下の御小人目付が徘徊《はいかい》することになる。旗本屋敷として、これほどうっとうしいことはない。その加減によっては松波家のように禄高を減じられ、小普請組に組込まれてしまわないとも限らないのだ。

なるほどの旗本屋敷も、腰元や中間をうわさ集めに出してでも、詳しいようすを知りたがるはずだ。

仙左は木槌を握ったまま言う。

「あっしゃあ、ながれているうわさを耳にするだけで、立ち入った話までは聞いちゃおりやせん。もちろん聞きゃあここで話させてもらいまさあ」

「ふむ、頼むぞ」

と、中間たちも腰元衆もこの場でのうわさのやりとりに関心を強め、また別のうわさにも興じた。中間も腰元も、屋敷の中では互いに言葉を交わす機会がなく、めったに得られないこうした場が貴重であり、楽しくもあるようだ。

四

お勢のほうはどうか。直接松波屋敷へ知り人《しびと》を訪ねて行ったのだ。裏門に歩を進めた。町場のおかみさん姿だから目立たない。

そのようにお勢は、みずから伊賀屋の一室で語った。

脇のくぐり門を叩いた。

警戒しているのだろうか、門番の中間がくぐり門をすこし開け、探るように外をのぞき、

「おっ、これはいつぞやのお女中。またお越しなさるか」

と、急《せ》かすように門内へ招き入れ、くぐり門を閉じた。外部との接触を他人に見られたくない仕草だ。用人から、そうしろと言われているのだろう。

裏門の内側での立ち話になった。

「また奉公に上がるのではありません。外で大変なうわさを聞き、皆さんのことが心配になり、ちょいとのぞきに来たのです」

「それはそれは。へえ、俺たち奉公人、外にも出られず、戦々恐々としてまさあ。あ、そうそう。お女中衆か誰か、呼びますかい。おめえさんなら、女中頭でもすぐにとんで来まさあ」

と、中間までお勢に好意的なのは、十日切りとはいえ仕事ぶりがよく、周囲に

好印象を与えていたからに他ならない。数日切りの奉公人など、人数合わせだけで実際の仕事にはじゃまになる場合が少なくないのだ。

中間は、

「へへ、いかにおまえさまであっても、よその者を屋敷内へ入れるのにうるさい人がおりやしてね。ちょいとお待ちを」

と、お勢を門番詰所に待たせ、まわりに視線をくばり奥へ走った。

すぐに戻って来た。

「あらあ、ほんとだ。お勢さん!」

と、女中頭も一緒だった。

「お二人さん、心おきのう話しなされ。あっしが外で見張ってまさあ」

中間は言う。いま屋敷は、内なる目にも気をつけなければならない雰囲気のようだ。それはきのうの、外に出た腰元がすぐ連れ戻された一件からも分かる。板敷の狭い門番詰所で、お勢と女中頭は向かい合わせに腰を下ろし、

「わずか十日間の縁だったのに、よく来てくれました」

と、お勢が無礼打ちの一件で奉公人のようすが気になり見に来たということで、女中頭は喜び話は弾んだ。この松波屋敷には、腰元と中間が濡れ衣をでっち上げられ殺された一件もあるのだ。

この松波屋敷の女中頭は外部に内情を隠すより、逆に知ってもらいたいと願っているようだ。

無礼打ちに遭ったのは、はたして風太郎たちの予測どおり日本橋室町のろうそく問屋橘屋の手代だった。

女中頭は言った。

「嘉之助《かのすけ》さんといい、今年で三十路《みそじ》とか。近くのれん分けの話も進んでいた人らしく、屋敷《うち》の腰元たちにも評判のいいお人でした」

（あっ）

と、このときお勢は胸中に声を上げた。

嘉之助……。お勢は知っていた。

橘屋主催のお座敷は、金銭など裏の実務面は手代の嘉之助が仕切っていた。物

腰低く実直で、どこの料亭でも評判はよかった。お勢たち芸者衆にもそのつど、

「――おかげでいいお座敷が持てました」

と、丁寧に礼を述べていた。

それでお勢はこの橘屋の手代を、裏方を支えている実直な人として、記憶にとどめていたのだ。

その嘉之助が無礼打ちに……。衝撃である。

これには野間風太郎たちも驚いていた。

女中頭の話は淡々と進んだ。

無礼打ちに直接手を下したのは、用人の太井五郎市だった。

むろん、

「――かまわぬっ！」

と、あるじ松波作兵衛の承知のうえでのことだった。

たまたま通りかかった行商人たちばかりでなく、場所が屋敷の正面門のすぐ前とあっては、松波家の腰元や中間で見ていた者もいた。

女中頭の話では、松波屋敷は以前からろうそくの納入であちこちの旗本屋敷に橘屋を引き合わせており、そのつど袖の下を取っていた。そのおかげか橘屋の商いは武家地に手広く順調であったらしい。

橘屋か松波屋敷かどちらが言い出したかは分からないが、最近、橘屋が大胆にも大奥に出入りすることを望みはじめたらしい。

こうしたことは、屋敷内では用人の太井五郎市が仕切っており、腰元衆も作兵衛や五郎市の動きと商人の出入りから、およそを知ることになる。

作兵衛と五郎市は、橘屋のあるじ煌兵衛に、

「――当家は代々目付の家柄じゃ。幕府の奏者番《そうじゃばん》ともつながりがある」

と、話したらしい。

橘屋では煌々《こうこう》と明るいろうそくを商っているから、あるじは代々〝煌兵衛〟を名乗っているという。

煌兵衛は期待した。

幕府の奏者番は将軍側近《そっきん》や大奥と直結しており、商家が将軍家や大奥、高禄旗

本家につなぎを得るには、奏者番をとおす必要があった。当然そこには多額の袖の下が行き交う。橘屋でそれを進めたのが、手代の嘉之助だった。煌兵衛からそれだけ信頼されていたことになる。嘉之助は精力的に動き、まず奏者番につないでもらおうと、積極的に作兵衛や五郎市と会った。そこに動いた袖の下は、半端《はんぱ》ではなかった。

その過程に発生したのが、松波家が家禄を半減されたうえ、目付の家系からも放逐《ほうちく》され、まったく無役の小普請組に組込まれてしまうという事態だった。松波家はそれを出入りの商家には、ひた隠しに隠した。

橘屋にしてはこれまで多額の袖の下を遣《つか》って来たのに、奏者番への口利きの話はいっこうに進まない。あるじの橘屋煌兵衛は、手代の嘉之助を詰《なじ》った。

嘉之助は焦《あせ》り、さらに多くの袖の下を用意し本所の松波家を訪れた。

その日だ。袖の下は門番の中間に託《たく》したものの、松波作兵衛にも太井五郎市にも会えなかった。嘉之助は門の外で、作兵衛か五郎市の出て来るのを待った。袖の下をさきに渡したのは、受け取れば会ってくれるだろうとの判断からだった。

半刻《はんとき》（およそ一時間）も待ったろうか、ようやく用人の太井五郎市が出て来た。嘉之助に会いに出たのではない。他所《よそ》へ所用があったためだったようだ。嘉之助は走って近寄り、呼びとめた。五郎市は無視した。嘉之助は喰い下がった。門内から見ていた中間の話によれば、

「――嘉之助さんがご用人さまに、激しくまつわりつくような」

そんな状況に見えたらしい。嘉之助は松波家への働きかけが、多額の賄賂《まいない》だけ取られて頓挫《とんざ》し、あるじの橘屋煌兵衛からは叱責され、必死だったのだろう。

人通りの少ない武家地の路上での揉め事に、数人の行商人が足をとめ、屋敷内でも知らせる者があったのか、あるじの作兵衛が正面門まで出て来た。

見ていた腰元は、

「――ともかく橘屋の嘉之助さん、必死の執拗《しつよう》さで」

と、女中頭に語った。

五郎市は行く手に通せん坊をする嘉之助に叫んだ。

「――ええいっ、無礼者！　手打ちにしてくれるぞっ」

ふり返り、門内の作兵衛と目を合わせた。

嘉之助は必死である。

「──お願いでございますっ、お願いでございますうっ」

叫ぶ。

腰元の話では、あるじの作兵衛も五郎市にまつわりつく橘屋の嘉之助をうっとうしく思ったか、

「──かまわぬっ。やれいっ」

声に出したという。

五郎市はすでに腰を落とし、右手を刀の柄《つか》にかけ、あとには退《ひ》けない状況だったらしい。その背を作兵衛の声が押した。

「──よしっ！」

五郎市は叫んだ。

見ていた腰元衆から悲鳴が上がり、中間のなかからは、

「──殺《や》りやがったあっ」

の声も。

五郎市は抜刀し斬りつけていた。抜き身を嘉之助の腹部から胸に斬り上げ、返り血を浴びながら返す刀を肩から胸部に斬り下げた。その場に崩れ込んだ嘉之助は地に伏し、ふたたび動くことはなかった。


聞き終え、お勢はポツリと言った。

「その用人さん、なかなかの腕のようですねえ」

「ええ。腕は立つそうです」

松波屋敷の女中頭は、いまいましそうに返した。

聞きながらお勢は、表面は落ち着いていたが胸中には戦慄を覚えていた。

(やりがいのある相手)

そう感じ取ったのだ。

女中頭はさらに言う。

「あたしたち奉公の者はいま、女も男もご用人さんから他行留め《たぎょうど》(他出禁止)を言い渡されておりますが、そんなのがなくても当面、誰も外には出られそうにありません」

「分かります」

お勢は真剣な表情で返した。いま松波屋敷の者は下働きの爺さんから飯炊《めした》きの婆さんまで、外部から好奇の目で見られ、屋敷内のようすを訊かれるのは必定《ひつじょう》だ。しかもその目は、武家地の者であろうと町場であろうと、非難を載せていることは明らかだ。無礼打ちなど太平の世にあっては、威嚇の意味はあっても実際におこなわれるなど、およそ考えられないことなのだ。だが、それへのお咎《とが》めがあるかないかは、世間の感覚とは別問題である。

また、奉公人たちを他行留めにしておいて、作兵衛と五郎市は深川の料亭へ気晴らしに行く算段をしているらしいことには、語る女中頭も聞くお勢もあきれはてたものだった。お勢はその料亭の話を詳しく聞くため、また屋敷に来ると言い、女中頭は、

「ならば、日程なども詳しく聞き出しておきましょう」

と、応えた。女中頭はおそらく、お勢が他所で話題にするため、詳しく知りたがっていると思ったのだろう。松波屋敷の女中頭は、外から作兵衛や五郎市へ非難の声を挙げてもらいたがっているようだ。
お勢が裏門の門番詰所で女中頭と話し込むだけで、時刻は午《ひる》近くになっていた。それだけ屋敷内の者は、外部の者と話したがっていたのだ。女中頭にとってお勢はその格好の相手だった。

裏門からそっと外に出て、ふたたび鋳掛屋の近くに歩を進めた。
トンカンの音を聞きながら、さりげなく左手を帯のあたりまで上げ、
(成果あり)
を知らせた。
仙左も集まっている腰元衆や中間たちに気づかれないよう木槌の音をゆるめ、
(俺のほうも)
知らせたが、いつごろ帰れるかの合図までは打ち合わせていなかった。

（できるだけ早う《はよ》帰《けえ》るぜ）

顔の向け方で、思いは伝わったことだろう。しかし、いま順番を待っている人数から、そう早く切り上げられそうにはない。

お勢が四ツ谷伊賀町に帰りついたのは、まだじゅうぶん陽のあるころだったが、仙左が伊賀屋の玄関に、

「いま戻りやしたぜ」

と、声を入れたのは、地に落とす人影がその日最大に長くなった時分だった。

風太郎と伊右衛門、甲兵衛はすでにお勢から、殺されたのが橘屋の手代に相違なく、そのときのようすも背景も聞かされていた。

隠居と現役の新旧三人の徒目付は、予想の当たっていたことに満足を覚えることなく、

「あの者たちらしいが、悲しくなるほど許せませぬなあ」

風太郎が言ったのへ、伊右衛門も甲兵衛もうなずいていた。

お勢が、

「そう、許せませぬ。たとえお上《かみ》が許しても」

と、つぶやいたところへ、仙左がいま帰ったとの声を入れたのだ。

新たに加わった仙左の話から、お勢も含め一同は周辺の屋敷がまだ詳細を掌握しておらず、しきりに知ろうとしているのを解した。いずれも松波屋敷とおなじ轍《てつ》を踏むまいと用心しているだろう。

仙左が加わり、お勢が再度、無礼打ちにされたのは橘屋手代の嘉之助であることを話したとき、

「あ、あの嘉之助さんが！」

はたして仙左も声を上げた。橘屋の奥まで鋳掛の仕事で数日入ったとき、大工や左官も含め差配したのが手代の嘉之助で、その要領はよく、職人たちに決して無理はさせなかった。仕事の出来具合を重んじたのだが、仙左たち職人も仕事にじゅうぶんな満足を覚えた。

嘉之助が自分の暖簾を掲《かか》げる手はずになっていたらしいと聞いたとき、

（あの嘉之助さんなら）

と、思うと同時に、きょうこの伊賀屋の一室に集まった面々は、いずれも無念の思いを強めたものである。

仙左とお勢は目と目を合わせた。

太井五郎市が使い手であることを聞き、

（やりがいのある相手）

と、おなじ思いになったことを、無言のうなずきのなかに確認したのだ。

伊賀屋での話は進んだ。

あす日本橋室町の橘屋の周辺に聞き込みを入れる件については、

「そなたらのおかげで、無礼打ちに遭った者もその経緯《いきさつ》も明らかになった以上、もう必要はあるまい。橘屋がいかに恨みに思うておるか、打ち沈んでおるか、町方なら知りたいだろうが、目付筋のわれらには係り合いのないこと。こたびは二人ともよう働いてくれた。あしたはゆっくり休むがよかろう」

風太郎は言ったが、

「いえ、ちょいとながして来まさあ。あっし自身の締めくくりのためにも」

仙左は明瞭な口調で言い、お勢はうなずきを見せた。


伊賀屋の奥の一室には、また風太郎と伊賀屋伊右衛門、甲州屋甲兵衛の三人が残った。無礼打ちの背景が明らかになったはずなのに、座はかえって重苦しく、緊張に包まれていた。

「あの二人、闇の成敗か。やる気のようじゃのう」

「わしもそう感じた」

伊賀屋伊右衛門が言ったのへ、甲州屋甲兵衛がつづけた。

さらに元徒目付の両名は言う。

「しかも無礼打ちに遭ったのが、あの二人と面識がありもうしたとは、いよいよですなあ」

「したが、二人とも衝動に駆られたりはしますまい。こまかく策を練り……」

現役の風太郎は、先達二人の見方にうなずいたものの、

「だから、困るのです。お勢と仙左は……。これを第一歩に、闇の成敗に奔走《ほんそう》するようにならねばよいのですが」

これには伊右衛門も甲兵衛も、

「…………」

つなぐ言葉を持たなかった。

お勢と仙左なら、

（あり得る……）

のだ。

五

翌朝である。仙左は長屋の路地でお勢に、

「ま、きょうは日本橋だけよ。それも商いじゃのうて、聞き込みを入れるだけさ。帰《けえ》りはそう遅くはならねえと思うぜ」

言って木戸を出ると、その天秤棒の背にお勢は、

「あたしは市ケ谷八幡町のお座敷さね。深川の料亭のようすなど訊いておきましょうよ。帰ったらまた……」

声を投げた。


仙左が留守にした四ツ谷伊賀町に、大きな動きがあった。

この日、太陽はかなり高くなったが、お勢はまだ長屋にいた。市ケ谷八幡町の料亭には、午《ひる》の膳からだ。

遊び人風の男が二人、伊賀屋に上がった。伊賀屋の部屋は板敷で、町の仲間か家族連れの休息に適している。もちろん酒や簡単な肴《さかな》も出すが、飲み屋のほうが似合っていそうな遊び人が上がるのは珍しい。

番頭は遊び人の一人が、二日まえに水野家横目付の石川儀兵衛のお供で来た中間であることに気づいた。番頭もあるじの伊右衛門と一緒に、石川儀兵衛から〝向後《こうご》はこの者が〟と、引き合わされている。

そのとき儀兵衛は自分の名も身分も明かさなかった。それだけでも注視に値《あたい》するというのに、そのときの中間が遊び人風を扮《こしら》え、また来ている。二日まえに面識を得たばかりなのに、その素振りも見せない。

（変装して、探索のつもりか）

番頭は勘ぐった。

中間の遊び人は、伊賀屋の番頭に素性を見破られていることに気づいていないようだ。番頭はそれを察し、〝これはこれは〟などと言わず、見知らぬ新たな客として処遇した。武家屋敷の中間と町場の遊び人では関連性がなく、変装に気づかれないとその中間は踏んだのか。芸がない。むしろ滑稽《こっけい》である。

番頭はすぐさまあるじの伊右衛門に報《しら》せた。

「来ましたか、そのようなかたちで」

と、伊右衛門は返し、

「気づかぬふりをして、なにを訊かれても正直に応えなされ。粉飾《ふんしょく》や隠し事はいけません」

番頭に言い、それは座敷に出る仲居《なかい》にも伝えられた。

このときお勢が伊賀屋へ手伝いに出ていたならおもしろかったのだが、きょうはあいにく午《ひる》から市ケ谷八幡町に座敷が入っている。

番頭に言われ、部屋に出向いたのは十代なかばの若い仲居だった。

仲居は番頭から言われたとおり、なにを訊かれてもすべて正直に応える算段でいる。そのほうが気負わず、相手に訝《いぶか》られずにすむと伊右衛門は判断したのだ。

案の定、遊び人風たちは仲居に問いかけた。

「よう、ねえちゃん。この町にお武家の座敷に好んで出るってえ、年増《としま》で色っぽい芸者がいるって聞いたが、ほんとにいるのかい、そんな芸者」

仲居は訊かれている人物が、お勢であることにすぐ気がついた。

正直に応えた。

「いますよ。伊賀屋《うち》の裏手の長屋のお人で」

「え、芸者が裏店《うらだな》に。そいつぁ珍しいや。で、どんな芸者だい」

「だからさっきおっしゃった、三十がらみで色っぽい……」

若い仲居は歳《とし》のころまで言った。

もう一人の遊び人風が、

「あはは。そうだった。三十がらみの年増でなあ。それでその芸者によ、弟分みてえにつるんでいる男はいねえかい。いると思うが」

これも仲居は、仙左のことだとすぐに分かった。〝姉弟《きょうだい》みたい〟とは、長屋の住人が言っているのだ。仲居もそう見ている。

「ええ、いますよ。おなじ長屋に。部屋は一番手前に一番奥と別々ですが。おもしろいでしょう」

遊び人風二人は、にわかに落ち着きを失った。

二十数年もまえの江戸家老二本松義廉《よしかど》の忘れ形見のうち、きょうは〝姉〟と思われるほうの所在を確かめに来たのだ。それが〝弟〟のほうまで網にかかったとあっては、手柄は大きい。興奮しないほうがおかしい。

ここでもし遊び人風二人が屋敷の中間などではなく、探索に慣れている人物だったなら、お勢と仙左の名前、日常の生活ぶり、〝弟〟の仕事なども聞き出していただろう。十代の若い仲居は、訊けば知っていることはなんでも話してくれそうな雰囲気なのだ。

遊び人風二人は手柄を焦《あせ》ったか、

「おう、ねえちゃん。いい酒、飲ませてもらったぜ」

「また来らあ」

と、盃《さかずき》はほんのなめるように数回口をつけただけで急ぐように腰を上げ、玄関を出ると裏手の長屋に向かった。

このあいだに、伊賀屋では番頭から報告を受けたあるじの伊右衛門が、甲兵衛と風太郎、それにまだ長屋にいるであろうお勢に至急のつなぎを取った。

「勝手口からそっと入っていただきたい」

伊右衛門は言付《ことづ》けを忘れなかった。廊下や玄関口で、遊び人たちと出会わないためだ。

至急のつなぎを受けたお勢が、なんだろうと普段着のままおもてに出たのは、ちょうど遊び人風二人が〝姉〟の面《つら》と所在を確かめておこうと長屋の前まで来た

ときだった。二人にはそれが、

（おっ、この女！）

と、件《くだん》の〝姉〟であることを即座に解した。お勢は故意に町場の目立たないおかみさんを扮《こしら》えていない限り、地味な普段着であっても、立ち居振る舞いから色っぽさを感じるのだ。

二人は、

（おおぉぉ）

と、内心に声を上げ、立ち止まってお勢を見る。およそ探索の者がやる仕草ではない。

お勢のほうでも、

（なに？　この人たち、気味が悪い）

と、二人の顔を確かめる。

このあとお勢は伊賀屋の勝手口に急ぎ、遊び人風二人は長屋の路地に入り、奥に向かった。〝弟〟を確かめに行ったのだが、不在だった。仙左はいま日本橋室町で橘屋の近辺に聞き込みを入れているのだ。

〝弟〟の面《つら》は確認できなかったが、所在は慥《しか》と訊いた。遊び人二人はともかくこの成果を儀兵衛の旦那へと、水野家の上屋敷に走った。

「なんでしょうか、勝手口からいますぐになどと」

と、お勢がまっさきに駈けつけ、

「急な用？　いったい……」

と、風太郎も部屋に入り、甲兵衛も顔をそろえたのは、このあとすぐだった。

奥の一室であり、隣の部屋は空き部屋にしている。

伊賀屋の番頭と若い仲居も部屋に呼ばれた。この二人は、自然体で中間の遊び人風たちと接しているのだ。

先日の中間が遊び人風を扮えて来たことに、甲兵衛は緊張し、お勢はそれが水野家の横目付の手の者であることを聞かされ、

「やはり、来ましたか。さきほどの気味の悪い者たちですね。顔は忘れず、慥と

覚えておきましょう」

と、背筋に緊迫の走るのを覚えた。すでに仙左ともども、まだ互いに確認はしていないものの、自分たちが水野家江戸家老の家系であり、それゆえに命を狙われているらしいことは自覚している。

伊右衛門は若い仲居に、なにを訊かれなにを話したかを質《ただ》した。仲居は理由《わけ》の分からないまま、なにやら自分が重大なことをしてしまったかのように蒼《あお》ざめた。番頭がすかさず、相手に訝られないように、と仲居に指示したことを語った。もとはと言えば、伊右衛門自身の出した指示なのだ。

仲居は交わした言葉の一部始終を、おそるおそる語った。

伊右衛門は言った。

「よく隠さず、向うの二人に話してくれました。それでよかったのです」

座の緊張がやわらいだ。実際に、それでよかったのだ。

石川儀兵衛手下《てか》の二人は、端《はな》からお勢に目をつけて来たのだし、そこから〝弟〟の存在が分かっても、留守で面を確認することはできなかった。それに仲居は訊かれなかったからだが、仙左の歳も名も仕事が鋳掛屋であることも、好んで武家地をまわっているというお勢との共通点も話していない。実際に訊かれたことだけをなにも隠さず話して〝よかった〟のだ。

部屋はひと息入れ、伊右衛門、甲兵衛、風太郎、それにお勢の四人が残った。仙左はいま日本橋室町だ。陽の高いうちに帰って来るだろう。伊賀屋から手代が市ケ谷八幡町の料亭に、お勢の文《ふみ》をふところに走った。

――勝手ながら体調すぐれず、本日はお勤《つと》めができませず……

自筆で詫びた。

そのお勢は、すこぶる元気だ。

伊賀屋での談合の内容は、これまでとはまったく異なった。きのうまでは、お上《かみ》が断罪しない松波作兵衛と太井五郎市を、如何《いか》に処断するか……だった。だがいま中心になっているのはお勢であることに変わりはないが、狙う側ではなく、狙われる側になっているのだ。仙左が室町から戻って来れば、お勢とおなじ位置に立つ。

風太郎がお勢に視線を向けた。

「仙左もそうであろうが、そなたも気づいているはずだ」

お勢はうなずき、伊右衛門と甲兵衛も無言のうなずきを見せた。

風太郎たち目付筋の三人は、二十四年まえに水野忠邦が二本松家の忘れ形見抹殺を、横目付の石川儀兵衛に命じたことをつかんでいる。藩主の下命《かめい》は、藩主が撤回しない限りいつまでも生きつづける。石川儀兵衛が忠義の士であれば、

（あくまで実行するはず）

武家主従の重みを知る三人は、それを確信している。

お勢と仙左が異なる環境で育ち、異なる時期に四ツ谷伊賀町の住人になったとしても、二本松家が崩壊したときのことを思えば、不自然ではない。混乱のなかで個別に育ったことは、じゅうぶんに考えられるのだ。

風太郎は伊右衛門と甲兵衛の、皺《しわ》を刻んだ顔を交互に見つめた。

（いかにすべきや）

問いかけている。

「うーむ」

と、伊右衛門と甲兵衛はうなった。適切な言葉が出て来ない。

そこへお勢が、明るい口調で言った。故意に明るさをつくっている。

「いまごろその遊び人のお二人さん、いずれかで中間に戻り、石川儀兵衛どのに報告していましょう。二十四年まえの姉上と弟君、見つけましたぞ……と。むろん姉上と弟君、あたしと仙左さんです」

その明るい声が、この場を動かした。

口入屋の甲兵衛が言った。

「さいわい、石川儀兵衛どのの手下《てか》二人は、仙左の顔を知らぬ。鋳掛屋だということも知らないはずだ。さらにさいわいなことに……」

お勢に視線を向け、

「お勢さんも仙左どんも、むかし揉め事があって一家離散した武家がどうのと、他人から訝《いぶか》られるような探りなど、もうどこにも入れなくなった。これは一般の者か二本松家の忘れ形見かの区別が、つけにくうなったということじゃ」

お勢がうなずき、伊右衛門も風太郎も肯是《こうぜ》の表情を見せた。

甲兵衛はつづけた。

「私なりに考えましたじゃ。たまたまとはいえ、お勢さんと仙左どんがおなじ長屋というのが気になりましてな」

と、口入屋らしい前置きし、

「年格好が仙左どんに近い者を見つけて長屋に住まわせ、仙左どんにはいずれかに家移りしてもらう。二本松家の忘れ形見と目串《めぐし》を刺した二人が、実はまったくの他人同士であったなら、水野家の横目付は混乱し、しばらくはお勢さんにも手が出せんでしょう」

「ふむ」

茶屋の伊右衛門はうなずき、

「いつからその算段に入る。口入屋なら、適宜《てきぎ》な人を見つけるのも早かろう」

甲兵衛は返した。

「それはお任せあれ。さっそくきょうから当たってみましょうぞ」

「敵を混乱させれば、それだけ次の策を考える余裕もできるということですね」

と、風太郎。

三人はいつを境にしたか、すでにお勢と仙左を水野家横目付から護ることを前提に話している。

「野間さま、伊右衛門旦那、甲兵衛旦那！」

お勢がさきほどの明るい口調から一転、低い声になった。お勢と仙左にはこれからの命もさりながら、ここ数日を安泰に切り抜けねば、すでに胸中に決している闇の成敗ができなくなる。水野家の横目付の手が及んで来たとの事実は、その意味でもお勢には衝撃だったのだ。

低い声のまま、さらに言おうとしたところへ、

「室町のようすは分かりやしたので、匆々《そうそう》に引き揚げて来やしたらお勢さん八幡町の料亭じゃのうてこっちだとか。なにかあったのですかい」

と、声とともに部屋のふすまが開いた。仙左が日本橋室町から帰って来たのだ。思ったより早い帰りだ。一同も仙左に話があるところ、仙左のほうが早く、

「ま、商家なんざ、あんなもんでやすかねえ」

などと言いながら自分で部屋の隅にあった座布団を引き寄せ、あぐら居に足を組み、さらに言う。

「橘屋さんで無礼打ちに遭ったお人、間違いであってくれればと願い、近辺に聞き込みを入れたのでやすが、やはりお手代の嘉之助さんでやした。さらに聞きやしたよ。嘉之助さん、働き盛りでこれからという矢先にさあ、近辺のお人らも同情し無念がっておいででした。あっしもあらためて身が震えやしたぜ。ところが橘屋じゃ怒りをあらわにするんじゃのうて、逆でさ」

「逆？」

風太郎が短く問いを入れた。

仙左はつづける。

「橘屋のお女中が言うんだから間違《まちげ》えありやせん。あるじの煌兵衛《こうべえ》旦那は松波屋敷に、遺体を打っちゃっておくんじゃのうて鄭重《ていちょう》に扱うてくれたことに感謝するなどと。今後ともよろしゅうになどと」

「そりゃあ、商家にあっては衝撃が大きすぎ、どう対処していいか分からず、いまだ混乱しているのでしょう。あそこの旦那、商いにはけっこうやり手で通っているんですけどねえ」

お勢はいくらか橘屋を擁護する口調で言った。

伊右衛門と甲兵衛がそこにつづけた。

「ともかくだ、死体をすぐ屋敷内に取り込み、鄭重に扱ったように見せたのは、殺《や》ってしまったあとにコトの重大さに気づいたからにほかならぬ」

「そう、世間の目をすこしでも和《やわ》らげようとな」

お勢もそこには肯是《こうぜ》のうなずきを返し、

「橘屋さん、松波屋敷に多額の賄賂《まいない》を包んで頼み事をしていたという弱みがあるそうですから、あからさまに無礼打ちへの非難ができないのかも知れません。ならぬ堪忍《かんにん》を、懸命に堪《た》えてらっしゃるのでは」

「そう。そのとおりでさあ」

仙左は返し、

「だからなんでさあ。お手代さんの無念を晴らしてやる者がいなきゃ、ご当人は浮かばれねえ。これはお手代さんの無念を晴らすだけじゃありやせん。お武家の理不尽を、誰かが世間に代わって成敗しなきゃ、世が浮かばれやせんやね」

決意を秘めた口調だった。

お勢が受け、

「さきほどの話をここで」

と、風太郎と伊右衛門、甲兵衛に視線を向けた。

風太郎がその視線を受け、

「仙左、よう聞け」

と、さきほど一同がこの場で語り合った、水野家横目付の手下《てか》たちがお勢を探りに来たことを話した。

聞きながら仙左は、

「うーむむっ、中間が遊び人に化けやがって！　とうとう来やしたかい」

なかば予測していたように言い、仙左が長屋の部屋を誰かと入れ替わり、当面

水野家横目付の手の者をやり過ごす件については、お勢と颪太郎に視線を向け、

「いつから」

と、受け入れる姿勢を示した。

お勢が返した。

「今宵からです」

座に緊張が走った。

六

お勢と仙左をなだめれば、状況が変化するかも知れないという段階は、とっくに過ぎている。颪太郎、伊右衛門、甲兵衛にとって気がかりなのは、

「あの二人、策は冷静に練《ね》っても、痕跡《こんせき》を残さず決行できるだろうか」

その一点だった。

五人の膝詰《ひざづめ》が終わったあと、仙左はふたたび鋳掛屋の長い天秤棒を担ぎ、長屋

を出た。夕刻にねぐらの長屋から他所の木賃宿を目指して出かけるなど、初めてのことだ。

水野家横目付の石川儀兵衛が有能な人物であれば、中間二人の報告を聞き、さっそく今宵から伊賀町の長屋に見張りをつけるだろう。だが、石川儀兵衛がどれほどの者か、まだ分からない。中間を遊び人に仕立て岡っ引もどきに派遣して来たのは、たまたま人材が手薄だっただけからかも知れない。

儀兵衛は迅速に対応せず、四ツ谷伊賀町になんら動きを見せないかも知れない。しかし、受ける側にとっては、最悪の事態に備えておかねばならない。

中間二人の報告は、弟らしい男の姿は確認できなかったが、お勢の存在は見定めた。報告ではそれが、悠然と暮らしている。

(目をつけられていることに、気がついていないのかも知れない)

石川儀兵衛はそう解釈したかも知れない。

だがお勢は、今宵は長屋に過ごし、あしたの朝早く本所に出向き、仙左と落ち合うことになっている。悠然となどしていない。

この日、夜更けてからである。甲州街道を伊賀町に向かう枝道に入った角に、見慣れない屋台のそば屋が出た。お勢たちの長屋の木戸が見える所だ。それが石川儀兵衛の手の者かどうか、確認の方途がない。そば屋は、長い天秤棒を担いだ鋳掛屋の姿を一度も見ていない。そば屋が屋台に火を入れたのは、仙左が鋳掛屋の天秤棒を担いで伊賀町を出たあとだった。

お勢はその屋台に気づきホッと胸をなでた。儀兵衛は案外、有能かも知れない。双方の戦いは、すでに始まっているかも知れないのだ。

伊賀屋の奥の部屋には、お勢と仙左が退散してからもしばらく、風太郎と伊右衛門、甲兵衛の三人がしばし鳩首《きゅうしゅ》していた。

「いかなる方途であろうと……」

「おもてにならぬよう……」

伊右衛門と甲兵衛が低く言ったのへ、風太郎は返した。

「あの二人に、任せるしかありませぬ」

およそ幕府組織の目付につながる面々の言葉とは思えない。

水野家横目付への対応ではなく、松波作兵衛と太井五郎市の成敗の件である。風太郎の言うとおり、いまお勢と仙左は任されている。というより黙認されている。お勢と仙左にとっては、それでじゅうぶんなのだ。

仙左が本所の地を踏み、土地《ところ》の木賃宿に入ったとき、すっかり夜更けた時分となっていた。すでに馴染みになっている宿の者が、

「こんな深夜まで、お仕事ですかい」

と、驚いていた。

あすの朝は四ツ谷伊賀町からお勢が来る。松波屋敷に女中頭を訪ね、松波作兵衛と太井五郎市の最新の動きを訊いてから来るのだ。急に動かねばならなくなったとき、火を熾し鍋の底にトンカンとやっていたのでは、速《すみ》やかに対応できない。

ともかく木賃宿で休息するように、時を過ごす。だから仙左は宿の者に、

「きょうは遅《おそ》うまで仕事だったからよう。あしたは存分に朝寝坊させてもらう

ぜ」

と、言ってある。

実際翌朝、存分に朝寝坊ができた。

お勢が本所の地を踏み、松波屋敷に向かったのは、東の空に陽がすっかり高くなった時分だった。きょう四ツ谷伊賀町からお勢と一緒に本所まで来てもよかったのだが、水野家横目付たちの万が一の探索網に備え、きのう夕刻のうちに仙左だけさきに伊賀町を出て、本所の木賃宿に入ったのだ。

お勢は目立たない町場のおかみさんを扮《こしら》え、大きな風呂敷包みを小脇に抱えている。芸者衣装一式が入っている。いつでも艶《あで》やかな芸者に変身できるようにだ。

松波屋敷で裏手のくぐり門を入ったお勢は、

「あらら、お勢さん。きょうまたよく来てくれました」

と、女中頭から歓待されていた。

あるじの松波作兵衛と用人の太井五郎市が、深川の料亭と旅籠《はたご》に泊まり込みで出かけるのは、なんときょう夕刻だという。それを女中頭が用人から聞き出したのはきのう夕刻だった。その動向を知りたがっていたお勢にどう知らせるか、女中頭はいままでやきもきしていたという。もちろん、お勢が松波家主従の動きを知りたがっているのは、そのあきれた行状を広く世に伝えるためだろうと解釈している。それは松波屋敷の奉公人らも望むところなのだ。

(旦那さまもご用人も、世間から糾弾されるべき)

無礼打ち以来、屋敷を守るべき奉公人らまでが、そう思い始めていた。やはりあの無礼打ちは、松波屋敷の奉公人たちから見ても、理不尽なものだったのだ。

お勢は急ぐように松波屋敷を出た。決行は今宵である。急がねばならない。もちろん深川のどの料亭と旅籠かも聞いている。そこは以前、お勢が頼まれて二度ほど座敷に上がったことのある料亭だった。

仙左の入っている木賃宿は知っている。速足になり、玄関に訪《おとな》いを入れると、仙左は起きたばかりだった。だが、寝ぼけまなこのままお勢から用件を早口に聞かされるとたちまち真顔になり、

「そいつあ好都合じゃねえですかい。きのうから出て来た甲斐がありやしたぜ。いい策が立てられやしょう」

「はい。立てましょう」

仙左も早口で言ったのへお勢は応えた。松波作兵衛が使っているという料亭を、

「あたし、よく知っています」

料亭の奉公人たちに、けっこういい印象を与えているようだ。

今宵の策を算段するため、二人は木賃宿を出て料亭のある深川に向かった。町場のおかみさん風のお勢は大きな風呂敷包みを抱え、なにやら荷運びの途中のように見え、自分でも意識しているから色気などまったくない。仙左は職人姿で鋳掛屋の長い天秤棒を担いでいる。肩をならべて歩いても、たまたま知り合いがおなじ方向になったようで違和感はない。

深川は本所の南側に隣接して遠くはなく、さらに歩を進めれば海辺に出る。

二人は地形を見ながら歩を進めている。仙左もお勢も風太郎たちが懸念しながら信頼もしているように、用心深く綿密な策を立てようとしている。二人とも素《しろ》

人《うと》の跳《は》ねっ返《かえ》りではないのだ。

二人の足が深川に入ったのは、陽が中天をいくらか過ぎた時分だった。

さらに深川の中心部になる永代寺門前仲町《えいたいじもんぜんなかちょう》に入った。けっこうな町場だ。松波屋敷の女中頭から聞いた料亭と旅籠は、その町場にある。もちろんお勢は料亭だけでなく、旅籠の場所も分かっている。二カ所はさほど離れていない。

一帯はすでに作戦の場である。お勢と仙左は離れた。作兵衛と五郎市もきょう、この町に来るのだ。路上で出会わないとも限らない。

地味なおかみさん姿のお勢は、今宵泊まる旅籠を探した。そこが永代寺の門前町であれば、参詣客の泊まる宿は多い。作兵衛たちが馴染みにしている料亭や旅籠からさほど離れていない宿屋に入り、上がることなく大きな風呂敷包みだけ預け、身軽になって町場に出た。

あらためて作兵衛たちの旅籠と料亭の近辺の地形を自分の足で調べ、町内の駕《か》籠屋《ごや》にも訪《おとな》いを入れた。思ったとおり、松波作兵衛は深川から本所への帰りは、その駕籠屋を利用しているようだった。きょうあすの予約は入っていないという。

作兵衛たちは今宵本所に帰るのかあすの朝になるのか、まだ分からない。今宵の料亭でのようす次第のようだ。

さらにお勢は、深川から本所に向かうときの道順を駕籠屋で聞き出し、近くのその道々をも丹念に歩いた。芸者姿ではできないことだ。

仙左は永代寺の庫裡《くり》に挨拶《あいさつ》を入れ、門前で店開きをしてその日は夕刻近くまでお寺の仕事で目いっぱいとなった。仙左にとって、馴染みのない土地で願ってもないことだった。陽がかたむきかけたころ、早めにお寺へひと声かけ鋳掛道具は庫裡に預けず、いささか面倒だが天秤棒に引っかけ持ち帰った。

西の空にまだ陽は高い。天秤棒を担いだまま、門前仲町の町場を歩き、一つ一つ地形を頭に入れた。どこが殺しの現場となっても、即座に対応できるようにしておかねばならない。

永代寺門前仲町の町内だが、料亭や旅籠とかなり離れたところで、

「おっ、姐《あね》さんもこのあたりを……」

脇道からひょいと出て来たお勢に声をかけた。

そこは松波作兵衛たちが、料亭や旅籠から本所に帰る道順になっている。そうした箇所は、夜でも迷わず動けるようになっていなければならない。

「あら。仙左さんもこのあたりをまわっていましたか」

互いに声をかけ合い、

「そろそろ宿に入《へえ》りやすか」

「そうしてもいい時分のようですね」

と、うなずきを交わし、すでにお勢が部屋を取り、風呂敷包みも預けている宿屋に向かった。宿の名を深川門前屋《ふかがわもんぜんや》といった。おもに永代寺や深川八幡宮への参詣人がわらじを脱ぐ宿屋のようだ。

七

二人はこれまで長屋の路地でよく立ち話をし、互いの部屋に出向いては三和土《たたき》で話し込むこともあった。だが、肩をならべて町場を歩くのは初めてだ。しかもこれから宿にわらじを脱ぎ、部屋も一緒である。

殺しが目的であれば、そこに緊張こそあれくつろぐような雰囲気はない。横ならひびでなく、仙左はお勢より一歩遅れてつづいた。商家のおかみさんに、出入りの職人が仕事道具を担いだまままつき従っている風情だ。

深川門前屋の前に来た。お勢はかすかにふり返り、

「ここ」

仙左に告げ、暖簾を手で軽く払い、

「先刻、お部屋をひと部屋、お願いした者ですが」

背後に天秤棒の仙左が立っている。

ふた部屋ではない。

出迎えた番頭はお勢と仙左を見て、さらりと言った。

「姉《あね》さまと弟さまでいらっしゃいますね」

番頭のうしろに従っている女中も、きわめて自然なうなずきを見せた。

玄関口に立っている二人は、番頭の言葉と女中の自然なようすにハッとした。

姉と弟……。

二人はこれまで、それを意識しあってきた。また、願ってきた。第三者にわざわざ話すことはなかった。その必要を、二人は感じなかったのだ。お勢が深川門前屋にひと部屋を取ったとき、ただ〝二人〟と言っただけで、相部屋になる者との係り合いまでは話していない。

その相部屋の者は、町内のおかみさん仲間でも付き人の女中でもなく、職人姿の男だった。宿屋にすれば、

『えっ』

と、意外に思うはずだ。

宿屋稼業《やどやかぎょう》に生きる者の多くは、人を見る熟練者である。客のようすをひと目見ただけで、ほぼ正確に素性を見極める。客が複数の場合は、その続柄まで見定める。そうした番頭の〝姉さまと弟さま〟ときわめて自然に言った言葉と、それをすんなり受け入れた女中に、お勢と仙左はそろってハッとしたのだ。

「え、ええ」

「そ、そうだ」

と、逆に二人のほうが焦《あせ》ったように返し、番頭の言った〝姉と弟〟であることをぎこちなく肯是《こうぜ》したのだった。

二人の不自然さは、いったいなんなのか。脳裡は混乱し整理がつかず、にわかに応えられない。強《し》いて言えば、これまで人知れず胸に秘めてきた、互いに確認しあうことさえ恐ろしかった願望を、第三者からきわめて自然に事実として認められたことへの衝撃であろうか。

ともかく番頭の手招きでわらじを脱ぎ、足を洗い、女中の案内に従った。

部屋は一階で見通しはよくないが、裏手から素早く出入りするのに便利そうな場所だった。お勢が望んだ部屋なのだ。

そこに案内され、畳に腰を下ろしてからも、二人は落ち着かなかった。新たな境遇に直面したような緊張を覚えているのだ。

長屋では得られなかった、まさに新たな環境である。お互い斜めに腰を据えている。

人を見る玄人《くろうと》たちに、二人は促されている。

きのうまで確かめるのが恐ろしかったことを、いま確かめねばならない。

(訊きたい)

みずからも、

(話したい)

その思いがいま二人の胸中に渦巻《うずま》いている。

殺しを目前に、二人だけの時間がそこにある。

息遣《いきづか》いばかりがながれる。

部屋の中は、行燈に火を入れてもいいころあいになっている。薄暗くなってきたのだ。

「姐《あね》さん」

と、仙左が部屋の沈黙を払いのけた。

「な、なんでしょう」

お勢は待っていたように、上体を仙左のほうへ向けた。

仙左は次の言葉に窮《きゅう》し、お勢がそこを埋めた。

「あたし、かすかに記憶が……。弟が生まれ、喜んだことも……。武家でした」

仙左も言った。

「育ての親が、ふと洩らしたことがありやして、おめえは武家の出だと……」

双方、あらためて顔を見合わせた。

ようやく二人は、互いに確かめ合うことができなかった記憶を、ここに披露《ひろう》したのだ。

お勢も仙左も、胸の痞《つか》えが下りた思いになった。

「――二十数年まえ、お家騒動で一家離散した屋敷は……」

おなじ聞き込みを武家地や武家の座敷に入れていたことの理由《わけ》を、二人は確認し合った。

望んでいたとおり、おなじ理由からだった。

二人は、

（一つの血筋……、姉と弟……）

証明するのは、いま披露しあったばかりの境遇と、

（双子のように通じ合う心）

である。

共通するものはさらにあった。

水野家横目付の目をかすめるためにお勢は音曲の師匠に、仙左は鋳掛屋に引き取られ、それらが奏功《そうこう》して今日まで殺されずに来た。

それぞれの育ての親と支援の者たちが、

——町場に暮らそうと、武家の子なれば
と、武術を身につける環境を用意し、そこに二人ともじゅうぶんに応えた。お勢はくノ一ばりに小太刀の扱いと手裏剣を体得し、仙左はみずからの意志で、天秤棒を操《あやつ》っての武家らしからぬ武術を身につけた。

さらに共通するものがあった。

（武家の出なればこそ）

との思いだ。

武家の、町衆への理不尽が許せない。

いまお勢と仙左が、四ツ谷からも本所からも離れた深川門前屋に陣取っているのも、その思いの故《ゆえ》である。

二人はすでにさきほどからのぎこちない緊張を脱ぎ捨て、思いをきょうの目的に集中している。

お勢が言った。

「仙左さんもきっと、おなじことを思っているでしょう」

「なにを」

仙左が返したのへ、お勢はつづけた。

「作兵衛と五郎市の誅殺《ちゅうさつ》です。屋敷内での奉公人殺害や町人への無礼打ちなど、武家の理不尽を糾弾するだけでなく、橘屋のお手代さんを直接知る者にとっては、立派な仇討《あだう》ちになると思いませんか」

「それ、それでやすよ、姐さん」

仙左はわが意を得たりとばかりに、

「あっしもそれを思うておりやした。松波作兵衛と用人の太井五郎市、ますます生かしておいちゃならねえと思えてきやしたぜ」

仙左はお勢の目を見つめて言った。

四ツ谷伊賀町でも、もう一つの動きが進んでいた。

二人が深川で共同の思いを遂《と》げ、四ツ谷伊賀町に帰るのはいつになるか。帰ればお勢の住む長屋に、仙左の部屋はすでにない。

これまでとおなじ〝姉弟〟のような日々を送っていると、水野家の石川儀兵衛はいよいよお勢と仙左を、二十四年まえにいずれかへ隠れた二本松家の忘れ形見と確信し、全力を挙げて命を狙うことになるだろう。それが水野家の横目付たる石川儀兵衛の忠義なのだ。

口入屋の甲州屋甲兵衛がいま、他所に仙左のねぐらを探し、仙左と紛《まぎ》らわしい人物を伊賀町の長屋に入れようとしている。新たな仙左のねぐらも、伊賀町の長屋に入れる新たな人物も、甲兵衛はすでに目処《めど》をつけている。仙左の新しいねぐ

らは伊賀町の外であり、伊賀町の長屋に入る新たな人物は、

「なるほど」

「こいつは紛らわしい」

と、伊賀屋伊右衛門も風太郎も得心する男だった。

お勢が四ツ谷伊賀町に戻ったとき、その者がすでに一番奥の部屋に、

『へえ。以前からここに住んでおりやす。それがなにか』

といった顔つきで、住み着いていることだろう。仙左の新たなねぐらも、甲兵衛なら今宵にも見つけ、あすの午前《ひるまえ》には、わずかばかりの家財道具も運び込むことだろう。

その環境があればこそ、お勢と仙左は水野家横目付の目をかわしながら、我慢のならない新たな理不尽を見つけては行動を起こすこともできるのだ。

四　姉弟《きょうだい》の初仕事

一

深川門前屋の一室で、お勢と仙左はうなずきを交わした。

二人はきょうまでよくうなずき合ってきたが、このときのうなずきはこれまでと性格が異なっていた。

お勢も仙左も、胸の痞《つか》えを消し去っている。部屋は一階で、裏手の勝手口から最も出入りしやすいところに位置している。その門の内側に、鋳掛道具が立てかけられた天秤棒と一緒にまとめられている。宿の者はそれを職人の便宜《べんぎ》からと思い、気にかけることはなかった。

部屋の中は、薄暗くなりかけている。

――こたびの成敗は、われら姉弟《きょうだい》の初仕事

そのなかでの、確認のうなずきだった。

お勢は部屋の隅の行燈《あんどん》に身を寄せ、火種を取り寄せるのに女中を呼ぼうとして

仙左にふり返り、

「その必要、なさそうね」

「そのようで、姐《あね》さん」

仙左は返した。このときの〝姐さん〟は、まさしく武家なら〝姉上《あねうえ》〟に相当する呼び方だった。

「それでは」

お勢の声に二人はそろって腰を上げ、その場で着替えにかかった。これから外出である。

お勢は町場のおかみさんから、艶《あで》やかな年増芸者に変貌する。仙左は腰切半纏《こしきりばんてん》

の職人から、こざっぱりした付き人になった。薄い単衣《ひとえ》に三尺帯一本であり、お勢の芸者衣装のなかに折りたたんで入っていた。

宿の女中を呼び、髷《まげ》もととのえた。宿は客のそうした変貌を心得ている。場所柄よくあることらしい。

部屋からは裏口のほうが近いが、

「参りましょうか」

「へえ」

と、わざわざ表玄関のほうへ向かった。

「おお、これはお客さま。見間違えました」

と、番頭が声を上げ、亭主も出て来て、

「これはこれは」

と、目を丸くする。

お勢の艶やかさへの誉《ほ》め言葉は、決して世辞《せじ》ではない。仙左が天秤棒を担いだ鋳掛屋から、いなせな付き人に変身しているのも不思議はない。普段は一人立《ひとりだ》ちの職人だが、必要に応じて芸者の付き人になるのは、別段珍しいことではない。どの置屋《おきや》にも料亭にも属さない一人立ちの芸者には、必要なときだけの付き人が付いている。お互い持ちつ持たれつだが、仙左は身なりさえ変えれば、芸者の付き人がよく似合う優男《やさおとこ》だ。

そうした姿の男と女で裏手などかえって目立ち、宿の者から奇異に思われるだろう。二人はすでに殺しの過程にある。堂々と旅籠の玄関を出る。かえってそれが自然であり、訝《いぶか》る者はいない。

松波作兵衛と太井五郎市の主従が常連になっている料亭は、深川永代亭《えいたいてい》といった。それを門前屋には告げていない。告げる必要もない。町内の置屋ではなく、遠くから来る芸者が付き人をつれて近くの宿に部屋を取り、そこから声のかかった料亭に出向くのは珍しいことではない。宿のほうも、いちいち行き先を訊いたりしない。深夜か翌朝の帰りを待つのみである。

深川永代亭から声がかかっていたのではない。この時分、作兵衛と五郎市の上がっているのが永代亭と分かっているだけだ。作兵衛たち主従が今宵は泊まりであすの朝帰りになるのか、今夜中に本所に帰るのかも分かっていない。深夜に永代亭の屋内で始末をつけるか、夜道の途次に駕籠を襲うか……。まずそれを決めなければならない。今宵の作兵衛たちの動きによって、それは決まる。

「へっへっへ。ごめんなさんして」

宿の門前屋を出て、料亭の永代亭の正面玄関に歩を入れると、仙左は揉み手をしながら声を奥にながした。幕は上がった。仙左の背後には、艶やかなお勢が立っている。

手代が出て来た。門前屋の手代とおなじで、

「おっ、これは！」

声を上げた。

こざっぱりした身なりの仙左は言う。

「手前ども、四ツ谷から参《めえ》りやしたのでございやすが、ちょいと手違いがござん

してこのまま帰《けえ》るわけにもいかず。聞けばこちらさまにゃお武家の常連のお方がお上がりとか。大事なお客さままでお酌《しゃく》の手が足りぬようなことがあればと思いやして。ぶしつけながら敷居をまたいだ次第で、へえ」

永代亭の手代は、突然の付き人が松波家主従について言っているのを覚《さと》り、同時に背後に立つ年増芸者に見とれ、

「あのお人らならきょうは日帰りで、永代亭《ここ》は腹ごしらえだけのようで。これからくり込むほうに、お目当てのお女《ひと》などが……。それもお一人で」

手代は言わなくていいことまで言い、ニヤリと嗤《わら》いを口元に浮かべた。

お勢と仙左にとっては、貴重な相手方の動きのようすである。手代は確かに

〝それもお一人で〟と言った。

お勢はさらに訊こうと玄関の三和土《たたき》で一歩前に進み、手代の顔を凝《じ》っと見つめ、

「〝お目当てのお女《ひと》〟などと、お客さまのことを、そんなふうに言うもんじゃありませんよ」

「えっ」

手代はたしなめられ、相手の顔をまじまじと見た。

気がついたようだ。

「あっ、お勢姐《ねえ》さん！」

「ふふふ、お久しぶりね。で、さっきの〝それもお一人で〟とは？」

問いを入れ、手代は返した。

「へえ。確かに本所から常連のお武家主従がおいでになっております。ご主人はこのあといつもの旅籠に出向かれ、お帰りはあしたの朝かと。ご用人さんのほうはお屋敷がお忙しいとかで、永代亭《うち》は膳だけでお帰りになります。さっき駕籠を呼びに遣《や》りましたから、おっつけ来るでしょう」

よくしゃべる手代だ。お勢はそれを知っていたから、故意に話す環境をつくったようだ。

手代の話は貴重だった。実際、本所の松波屋敷はいま立て込んでいる。他所でひと晩泊まりで息抜きをするのはあるじの作兵衛だけで、用人の五郎市はやはり奉公人か。永代亭の膳だけ同座し、あとは本所に戻り屋敷を仕切るのだろう。屋敷ではいま、奉公人たちを他行留《たぎょうど》めにしているのだ。破る者がいないか、見張っていなければならない。五郎市は多忙なのだ。

お勢と仙左の策は決まった。決行場所は二カ所になる。一カ所は太井五郎市が駕籠で本所に帰る道中で、もう一カ所は松波作兵衛が永代亭から今宵泊まる旅籠に向かう道すがらとなる。永代亭から目的の旅籠までは、わずか半丁（およそ五十米《メートル》）だ。

二人は別行動を取ることになった。すでに実行現場となる町に入っており、人《ひと》前《まえ》で策を話し合うことはできない。すべて阿吽《あうん》の呼吸で動かねばならない。永代亭の玄関に立ったまま、またしても無言のうなずきを交わした。これからの行動を確認しあったのだ。

永代亭の手代はさらに言う。

「さあ。お勢姐さん、お上がりくださいまし。女将《おかみ》さんと番頭さんに報《しら》せます。お勢姐さんがおいでとは、きっとよろこびますよ。さっきの話、座敷で酌《しゃく》の手が足りなければばって話です。女将さんも番頭さんも考えてくれましょう」

「お願いしたいですねえ」

と、お勢は手代に言い、永代亭の玄関に草履《ぞうり》を脱いだ。

仙左は三和土に立ったまま、

「それじゃ、あっしはねぐらの宿に戻ってまさあ。ころあいを見て、また迎《むけ》えに」

「あ、提灯を！」

手代が言ったとき、仙左はもう永代亭の玄関を出ていた。

なるほど外も暗くなりかけている。この時分だと、あとは急速に闇が空間を閉ざし、提灯なしでは歩けなくなるだろう。手代はおしゃべりも達者だが、気もよく利くようだ。

だが仙左は、

「ありがとうよ、お手代さん。あっしゃ、人より夜は慣れておりやすので」

と、ふり返りもせず歩を踏み出した。実際仙左は、夜目《よめ》が利くのだ。

歩を進めた。駕籠は料亭の永代亭まで太井五郎市を迎えに行く。永代亭から本所への道は駕籠屋ですでに聞いている。

夜になれば忍耐力さえあれば、どこでも待ち伏せができる。

あとすこしで深川の地名が本所に変わるあたりに、仙左は陣取った。背後に境になる小名木川《おなぎがわ》の流れの音が聞こえる。橋の上を待ち伏せの場に選ばなかったのは、橋は足音がして行動も制限されるからだ。夜に襲いかかる利点は、動きの範囲は広く、どこからでも飛び出せ、なにより逃げるのにすぐ闇に紛れることができ、逃げた方向を人に覚《さと》られる心配もないことだ。いま得意の天秤棒は手にしていないが、習った武術は棒術だけではない。

闇の角に身を潜めた。

(へへへ、ご用人さんよ。おめえ、せっかく深川の門前仲町ってえおもしれえ町に来ていながら、料亭の膳だけで帰らなきゃならねえなんざ、作兵衛旦那のお供は辛かろうよ。もうすこしで、それらすべてを清算してやるからよう)

胸中につぶやき、ふところの匕首《あいくち》の柄《つか》を握り締めた。大小を携《たずさ》えた武士を相手にするには、刀を腰にしている時は不可能だ。身動きの自由が制限されているときでなければならない。

（さあ、おめえの死に場所がここに待っているぜ。おめえ、松波家の用人になったのが不運だったのか、それともおめえがもともとそういう性質《たち》だったのか。そのどちらでもあるようだぜ、おめえはよう）

念じているころ、深川永代亭の玄関では、

「お忙しいのはけっこうなことで。またのお越しをお待ちしております」

と、永代亭の手代が、松波家用人の太井五郎市を送り出していた。外には、

「へいっ、本所まで」

と、町駕籠が待っている。

奥ではお勢が永代亭の者に訝《いぶか》られないよう、名は〝お勢〟と正直に名乗り、

「これからもご贔屓《ひいき》にお願いいたします」

と、松波作兵衛に酌をしていた。本所の屋敷でお勢は作兵衛を遠くから見ているが、引き合わされたことはなかった。それがこの場にはきわめて役に立った。

作兵衛は、

「ほおう、こんな色っぽい芸者が永代亭にいたとは。いましばらくここで飲ませてもらうぞ」

盃《さかずき》を手に満面笑みを浮かべている。

この場を設定したのは、永代亭の女将だった。これを機に松波作兵衛が、さらに通ってくれるのを願ってのことだ。もちろん女将も番頭も手代も、作兵衛の命が今宵限りかも知れないなど、思考の遥かかなたのことだった。

二

闇のなかに仙左は待っている。すでに深夜であれば、見えるものはなにもなく、聞こえるのも小名木川《おなぎがわ》の水音ばかりだ。やがて駕籠舁《か》き人足のかけ声が聞こえ、担《かつ》ぎ棒《ぼう》に揺れる提灯が見えたとき、太井五郎市の命は終わる。

いま仙左は、逃げ場にこと欠かない闇の往還の角に身を潜めている。かすかに聞こえる駕籠舁き人足のかけ声を耳にした。

（ほっ、おいでなすったな。この道で間違《まちげ》えなくてよかったぜ）

思い、往還の隅から身を起こし、闇に目を凝《こ》らした。

かけ声は近づき、激しく揺れる提灯も視界に確認できるまでになった。

もし駕籠舁き人足たちが、提灯の灯りに襲って来たのが町人ひとりで、得物《えもの》も短刀一本と気づき、二人で棒を振り回しながら立ち向かっていたなら、五郎市に大刀の柄に手をかける余裕を与えてしまう。五郎市は腕が立つのだ。危うくなるのは仙左のほうになるだろう。

灯りがかけ声とともに近づく。策は決めている。ともかく五郎市に、抜き打ちの技《わざ》を発揮させてはならない。

闇に身をかがめる仙左に、駕籠舁き人足の息遣いが感じられるほどになった。

提灯が前棒《まえぼう》の先端に激しく揺れている。

前棒の人足が、すぐ先の闇に人らしい影がうずくまっているのへ気がつくのと、仙左の足が地を蹴るのが同時だった。

「わあっ」

声は前棒だ。

後棒《あとぼう》も、

「なな、なに！」

そろって均衡を崩し、駕籠尻が地を叩いた。

駕籠に向かって飛び出した仙左の身は、担ぎ棒に揺れる提灯の紐を切って落とした。地に落ちた提灯は燃え上がり、あたりを明るく照らした。

「どうした！」

五郎市は叫び、駕籠の垂《たれ》をたくしあげ提灯の燃える明かりのなかに、刃物を手にした町人の姿を認めた。

駕籠舁き二人は突然の事態に、均衡を保つ棒を手にただ茫然としている。

「なにやつ！」

五郎市は駕籠から這《は》い出し、地に立とうとする。とっさのことで、駕籠の中ではまだ大刀を手にしていなかった。腰にあるのは脇差だけである。それでもさすがに武士か、身を起こしながら脇差に手をかけた。

仙左の身は迫っている。

「許せん！」

五郎市はその声を耳にした。

駕籠から這い出したばかりの五郎市は、迫って来た男の激しい体当たりを受けた。

「わーっ」

五郎市はふたたび駕籠の中に尻もちをつくかたちに突き戻され、

「うぐっ」

うめき声を洩らした。仙左は横倒しになった駕籠の中に五郎市を押し倒し、匕首の切っ先を心ノ臓に刺し込んでいた。

すべてが瞬時の仕業《しわざ》だった。

「ふーっ」

仙左は身を起こした。五郎市の身は、仙左につづかなかった。横倒しになった駕籠の中に崩れ込んだままだ。匕首の切っ先は提灯が燃える明るさのなかに、間違いなく心ノ臓に達していた。抜けば血潮が飛び散り、五郎市の返り血を浴びる。そのままにした。

駕籠から一歩離れた。返り血は浴びていない。五郎市の身は、すでに動かない。

「おおおう」

「こ、これは！」

と、駕籠舁きたちは横倒しになった駕籠の前とうしろに中腰の構えになり、声を上げた。提灯はすでに燃え尽き、あたりをもとの闇に戻した。

駕籠舁き人足たちに、仙左の姿はもう見えない。ただ、武士ではなく町人であることだけは看て取《みと》っていたか、悲鳴を上げて逃げ出すことなく、

「て、てめえ。なに、何者！」

「このお客、本所のお人と知ってのことか」

言っている内容から、人足二人が棒を手に身構えているのが推察できる。

「よしねえっ」

仙左はたしなめるように言った。声はかすれていた。

『この仕置、後日おめえさんらにも分かろうよ』

無性《むしょう》に言いたかった言葉を、懸命に呑み込んだ。〝成敗〟を臭《にお》わせるようなことを口にするのは得策ではない。最初に担ぎ棒の提灯を切って落としたのも、駕籠舁き人足に襲った者の姿を見せず、推測できるなにものをも見せないためである。

ただ、

「面倒をかける。許してくんねえっ」

言って闇のなかに走り、人足たちの前から気配を消した。

「あぁぁ」

「ま、待ちねえっ」

背に慌てる人足たちの声を聞いた。

三

仙左は料亭の永代亭に戻った。

心ノ臓がまだ激しく打っている。殺しの現場から急ぎ戻ったからではない。人ひとり葬《ほうむ》った。そこに心ノ臓が激しく反応しているのだ。

もう一人残っている。そのほうこそきょうの本命である。お勢との意思疎通がいっそう重要となる。

だから仙左の足は宿の門前屋ではなく、お勢がまだ陣取っているであろう永代亭のほうへ向かったのだ。

思ったとおり、お勢はまだいた。次の旅籠を胸に引揚げの準備にかかった松波作兵衛の部屋に入り込み、仙左が五郎市を成敗する時間稼ぎをしていたのだ。それをまだ延長できるか……。

永代亭の手代が奥の部屋に、お勢の付き人が玄関に戻って来たことを告げた。

「あら、来ましたか」

言ったお勢は、直接玄関に出て仙左と話したかったが、

「まだ途中だぞ。もっと酒を持て」

と、作兵衛はお勢を手離さなかった。年増で色っぽいお勢が、よほど気に入ったようだ。

お勢は玄関で待つ仙左に、言付《ことづ》けを頼んだ。

「いまのお座敷、間もなく上がりますから。お客さまには次のお座敷が待っておいでのようで」

「おいおい、俺を追い立てる気か」

と、作兵衛は盃を手に笑いながら言った。

永代亭の手代はよくしゃべる男だが、言付けも確実に伝わった。

「分かりやした」

仙左は返した。

お勢はこの言付けで、このあとそう長く作兵衛を引き留めてはおけないことと、

めていた。

次の行き先がいつもの旅籠であることを告げたのだ。仙左はそれらを慥《しか》と受けとめていた。

いつもの旅籠とは、女郎屋である。おなじ門前仲町だが、永代亭からは半丁ばかり（およそ五十米《メートル》）離れている。次の作兵衛の遊び場であれば、永代亭から手代あたりが提灯で足元を照らし、送って行くことだろう。五郎市のときと同様、作兵衛にも他人《ひと》の目が付くことになる。

（このいで立ち、すでに見られている）

仙左はねぐらを置いている宿の門前屋に急いだ。お勢が永代亭からそう遠くはない宿屋に、部屋を取っておいてくれたのがありがたい。

宿の門前屋では、裏手の勝手口からそっと入った。部屋はそのすぐ近くだ。夜であれば廊下に掛け行燈《あんどん》はあっても、人と出会うことはない。

そっと部屋に戻り、素早く来たときの職人姿に着替えた。最も動きやすい姿だ。勝手口で天秤棒を持った。職人姿に天秤棒は似合う。深夜でも仕事の帰りか、他人に怪しまれることはない。このいで立ちをこしらえるためにわざわざ商売道具一式を、永代寺から持ち帰っていたのだ。

出るときも音を立てず、旅籠の者とも泊まり客とも出会うことはなかった。

ふたたび勝手口から外に出た。足は地下足袋《じかたび》に似た甲懸《こうがけ》であり、走っても音はしない。

女郎屋である旅籠まで走り、そこから永代亭のほうへ向かった。距離が半丁もあれば、すでに作兵衛がその旅籠に入っているとは考えられない。お勢がいましばし、作兵衛を永代亭の座敷に留《とど》めたはずだ。すでに女郎屋に向かっていても、途中で出会うだろう。出会わなければ、闇のどこかに身を潜め、待ち伏せすればよい。

いずれにせよ仙左が、永代亭の者が知らない職人姿で闇から飛び出す。提灯の灯りに瞬時その姿をさらすが、人の区別まではつかない。

（おっ、来やがったな）

仙左は歩を進めながら、胸中につぶやいた。

駕籠のときとは異なる、動きの少ない灯りが見えた。そこに認められる人影は、提灯持ちとさむらい姿だ。

(間違《まちげ》えねえ)

仙左は確信した。むろんさむらいは松波作兵衛だ。ならば提灯持ちは、

「へへへ。本当のお楽しみは、これからでございますね」

声が聞こえてきた。永代亭の手代だ。

「なにを言うか」

返した声も聞こえた。

仙左は足音に気をつけ、民家の壁と木立のあいだに身を置き、腰を落とし天秤棒を手に身構えた。深い暗さに木立の輪郭さえ分からない。仙左の身はまったく闇に溶け込んでいる。

夜道でも警戒心があれば、武士ならずとも人の潜む気配に気づくかも知れない。しかもその気配は殺気を帯びている。作兵衛はついさきほどまで、これから夜道に出て新たな場に行くには度を越した、足がふらつくまでに酒を飲んでいた。たとえ目の前に刃物が迫っても、危機意識は喪失したままになっていよう。

お勢は仙左に合わせ、時間稼ぎをしただけではない。すでに成敗すべき相手と渡り合い、その力を半減以下にまで削り取っていたのだ。

永代亭の手代は相変わらず饒舌《じょうぜつ》だ。

「さあさ、お足もとにお気をつけくださいまし。向こうさんのお女郎衆が待ちかねていましょうほどに」

などと、夜道に警戒の念さえない。

仙左は五郎市のときには匕首《あいくち》の柄《つか》を握った手に、いまは天秤棒を握り締め、身構えている。

これまで天秤棒の棒術は、幾度《いくど》となく周囲に披露してきた。だが、人を殺《あや》める算段で握り締めたのは、これが初めてだ。

五郎市のときのように、相手の息遣いを感じるほどまでになった。

（よしっ）

胸中に気合を入れた。

仙左に棒術を教え、鍛錬したのは、伊賀忍法を体得している年老いた御庭番だった。いまはすでに世を去っているが、棒術を披露しながらよく言っていた。

「――生き死にを賭けて渡り合うとき、棒術ほど敵にとって親切な技はない」

なかば口ぐせだった。

刀で斬ったり槍で突いたとき、即死はめったになく、敵に多量の出血と痛みの苦痛を与えることになる。

棒術で人を殺めるとき、真正面から力を込め眉間《みけん》に近い脳の一点を、しかも最初の一撃で頭蓋骨《ずがいこつ》そのものを割る角度で打つ。対手《あいて》は即死する。鋳掛屋の天秤棒は、それにちょうどよい太さと長さなのだ。

眉間に近い一点とはどこで、いかなる角度か……？　そのときの双方の動きによって異なる。鍛錬によって体得する以外にない。その技を仙左は伝授され、口頭《こうとう》だが免許皆伝まで得ている。

老御庭番は言っていた。

「――それによって斃《たお》した相手の死に顔に、苦痛を帯びたものはなかった。なかにはおのれが死んだことさえ気づいていないほど、安らかな顔もあった」

それを仙左はいま、憎き成敗の相手とはいえ、

（ホトケにするのであれば）

と、念頭に置いている。

提灯の灯りはあるものの、足元を照らしている。上体のほうは薄暗い。打ち方に寸分《すんぶん》でも狂いがあれば、

——グキッ
と、頭蓋骨を砕くだけで、その者に多大の苦痛を与えることになる。打ちそこなってはならない。

大きく息を吸った。

標的はすでに目の前だ。しかも真正面から飛び込める角度だ。

いま仙左の目には、作兵衛の眉間に近い、ひたいの部分しか見えていない。

天秤棒をかざし無言の気合を発し、飛び出した。

「ななな、なにっ!?」

最初の声は永代亭の手代だった。その目は闇のなかに、正面から松波作兵衛に

迫る職人姿を認めていた。天秤棒をふりかざしている。すでに手代は生きた心地を失っている。

「んん!?」

作兵衛も眼前の異様に気づいたようだ。だが、酔いのせいもあろう、それがなにか分かっていない。

次の瞬間、

——グキッ

鈍い音だった。天秤棒が作兵衛の骨を砕いた。寸分違《すんぶんたが》わず眉間の中央だった。

はたして作兵衛の身は、その場に崩れ落ちた。即死だ。

手代は事態を知り、その場に崩れ込み、

「あわわわわっ」

声を洩らす。

(入った!)

仙左の両腕は手応《てごた》えを感じていた。

ホトケになれば、すでに恨みの対象とならない。

（すまねえっ）

念じ、闇に向かって走った。その姿は足音もなく提灯の灯りから消えた。

この間、仙左は一言《ひとこと》も発していない。

手代は尻もちをついたままなおも、

「わわわ」

提灯をかざしている。声も聞いておらねば、顔などを確認する余裕もなかった。あっても薄暗いなかに動いていては、見えないも同然である。ただ、職人姿だったことは看《み》て取《と》っただろう。

急いだ。

ねぐらを置いている門前屋にとって返し、勝手口からそっと入り、天秤棒をそこに立てかけ、宿の誰にも気づかれず、出て来たときには、事前に借りていた門前屋の提灯を手に、いなせな付き人に戻っていた。

四

さらに急いだ。さきほどとは異なり、提灯の灯りがあるので深夜でも歩を踏みやすい。手に灯りがないとき、石や地面の起伏に足を取られないように、音を抑えたすり足で急ぐから、それだけで焦《じ》れったく感じたものである。いまは急ぎ足に音を立て、むしろ誰かに見られた方が都合がいい。

(どなたか通らねえかい)

などと思うが、こういうときに限って誰とも会わない。

さきほど棒術の現場になった箇所は、近くだが門前屋とは方向が異なる。あのあとどのような動きがあったか確かめたかったが、足は向けなかった。気配だけでも探りたかったがそれもひかえ、ともかく永代亭に急いだ。

角を曲がり永代亭の玄関が見えたとき、

「おぉお、やはりっ」

つい声に出た。料亭でもこの時刻には人の出入りは絶え、軒も暖簾《のれん》も下げ、雨戸も閉め切っているものだ。

雨戸が開けられている。軒提灯や暖簾までは出ていないものの、玄関の中には幾つもの灯《とも》りが点され、人影の行き交うのも感じられた。

手代が急ぎ戻り、松波作兵衛の遭難を告げたのだろう。

(ならば作兵衛の〝遺体〟はいまどこに)

同時に、

(確実に息絶えたはず……)

脳裡をめぐる。

玄関の敷居をまたいだ。

「あ、お勢姐さんの付き人の方! たいへんっ」

居合わせた女中が仙左の顔を見るなり、玄関の板敷に立ち尽くした。

「どうかしやしたかい。なにか大事《おおごと》でもあったような」

「そお、おおごと! おおごとなんですようっ」

「だから、なにが」

仙左はすっとぼけた。周囲には小僧や他の女中たちも行き交っている。仙左の言葉はそれらの耳にも入っている。そうした会話もまた、仙左にとっては戦いの一環なのだ。成敗の策は、まだ終わっていないのだ。

女中は興奮気味に言う。

「お勢姐さんがお酌をしてらしたお客さんが外に出られ、何者かに襲われたんですよう」

「なんだって！　で、お勢姐さんは！　いまどこに!?」

女中の肩を両手でつかみ、首のところで激しく合わせるかたちになった。

「く、苦しいですよう。離してください！　いま話しますから」

女中の声は大きくなり、奥から他の奉公人も出て来た。

これでさっきまで永代亭にいなかった仙左が、外での事件に関わっていないとの印象を、永代亭の面々に慥《しか》と植え付けることになったろう。これから吟味が始まれば、それが町方の印象になる。手を下したのは天秤棒を振りかざした職人姿だったことは、永代亭の手代が提灯の灯りのなかに見ている。

仙左は手の力を抜いた。

「ふーっ」

女中はひと息つき、話し始めた。

「お勢姐さんが襲われたんじゃありませんよ。姐さんはさっきから、奥の控えの間で付き人のあんたが来るのを待っておいでですよ」

「ほー、お勢姐さん。係《かか》り合《あ》っちゃいなかったんだ」

いかにもよかったというように、仙左はようやく女中の首元から手を離した。

なかなかの役者だ。

「そう、手代が走り戻って来て事件を話すと、そりゃあもうお勢さん、さっきまでここで飲んでいたお人が！　と、仰天しなさって」

と、仙左の背後から言ったのは、永代亭の亭主だった。お勢もなかなか演技達者のようだ。

事件第一報とともに番頭が現場に走り、死体を確認すると門前仲町の自身番に運び、亭主は町役《ちょうやく》の一員であり、すぐさま自身番小屋に走った。いま番頭が自身番に詰めており、手代もそこで奉行所の沙汰《さた》を待つことになり、

「それでひとまず松波作兵衛さまのご遺体は自身番に引き取ってもらい、ようやく私だけ戻って来たという次第ですじゃ」

亭主の動きは迅速だった。仙左が作兵衛を成敗してからこの時点まで、半刻《はんとき》（およそ一時間）も経ていない。そのあいだに亭主は松波作兵衛の死体を自身番小屋に運ばせ、事件現場に居合わせた永代亭の手代による町役たちへの状況報告も、永代亭ではなく自身番小屋でおこない、奉行所への報《しら》せもすべて自身番小屋からのかたちをとった。事件はあくまで町中《まちなか》で発生し、永代亭の手代はたまたまそこに居合わせただけである。わずか半刻たらずでそのかたちをつくり上げたのだ。だから亭主は〝ようやく〟などと言ったのだろう。

お勢と仙左にとっても、永代亭の処置は歓迎すべきものだった。

永代亭の亭主は言う。

「びっくりなさっているお勢さんに、迷惑までかかっちゃいけません。仙左さん

といいなさったなあ。付き人の方が迎えに来なさったのは、ちょうどようござんした。あ、その提灯、門前屋さんですね。早《はよ》うお帰りになって気を落ち着けて下さいまし。そうそう、今宵の夜道は物騒ゆえ、小僧を一人案内につけましょう」

と、その場にいた小僧に永代亭の提灯を持たせた。

呼ばれてお勢が帰り支度をし、玄関に出て来た。仙左の顔を見るなり、

「無事だったんですね。ホント驚きました。外で襲われたの、仙左さんじゃないかと、生きた心地しませんでしたよ。それがさっきまで永代亭《こ》のお座敷にいらしたお武家だと聞いて、またまた驚きです」

二人はうまく口裏《くちうら》を合わせ、誅殺《ちゅうさつ》がうまく行ったのを確認しあった。

亭主だけでなく、女将も奥から出て来て二人のやりとりを聞き、おもむろに言った。

「さあ、永代亭《うち》の亭主の言うとおりです。あなた方とはまったく関係ないことですから。早《はよ》うねぐらにしている宿に帰って、ゆくりしなされ」

亭主とおなじように、玄関口を手で示した。

五

三人で提灯が三張《みはり》、明るい。お勢は〝深川永代亭〞と墨書されたのを持ち、仙左の手にあるのは〝深川門前屋〞とある。小僧はお勢とおなじ永代亭の提灯を手に、前かがみになり二人の足元を照らすかたちで歩を踏んでいる。

「小僧さん、あっしらも提灯待ってまさあ。腰を伸ばしなせえ」

「へえ。慣れておりやすので」

仙左が言ったのへ、小僧は恐縮したように返し、相変わらず腰を曲げたまま歩を進める。

「小僧さんも大変ですねえ。こんな辻斬りが出た晩に」

お勢が言ったのへ小僧は、

「へ、へえ」

と、さらに緊張したようだ。

門前屋の前に着くと、

「それじゃ、あたしはこれで」

小僧は言うと提灯を上にかざし、来た道をとって返した。もとより小僧は、仙左が棒術の名手であり、お勢が手裏剣のやり手で小太刀もたしなむことを知らない。常連客が襲われ、殺された。やはり短い道のりでも恐《こわ》かったようだ。

その提灯の灯りが見えなくなると、

「さてと」

仙左が裏手の勝手口のほうへまわろうとした。

「待って」

お勢は言い、表門の雨戸を叩いた。

裏手の勝手口は外から開けられるように細工しており、すでに仙左は二度出入りしている。いまもそうすれば、門前屋に面倒をかけることなく中に入ることができる。だがそれをやっては、あしたの朝、門前屋の者はお勢と仙左を、

（いつの間に）

と、訝《いぶか》ることになるだろう。永代亭の常連客が襲われたことは、すでに近辺に知れわたっているはずだ。

（この二人……？）

と、詮索する者が出ないとも限らない。

この時分に表の雨戸を叩き、

『迎えに行くのがすっかり遅くなっちまって、向うの女将と亭主に見送られ、小僧さんにはついて来てもらい、いま帰《けえ》ったところで』

と、永代亭と門前屋の提灯をかざせば、門前屋では面倒くさがっても怪しむ者はいないだろう。それにこれまで仙左が勝手口をそっと出入りしていたことも、なかったことになる。

仙左はお勢の言葉に得心し、

「門前屋さん、申しわけねえ。開けておくんなせえ」

一緒になって雨戸を叩き始めた。せっかくここまで〝闇の成敗〟を進めてきたのだ。いまがその締めくくりである。

門前屋ではすぐに番頭が玄関口に出て来た。自身番にようすを訊きに行き、いま帰ったところらしい。芸者姿のお勢と、いなせな付き人を扮《こしら》えている仙左の姿を見るなり、

「これはこれは、ご無事でございましたか」

と、急《せ》かすように二人を玄関に招き入れ、急いで雨戸を閉めた。

「こんな時分によくもまあ外に出歩かれましたなあ。さっき自身番に行き、ようすを見て来たのですが、永代亭のお手代さんが目撃しなさったそうですよ。襲われたのは永代亭のご常連さんだそうで、これから女郎買いに行こうとしていたところだとか。まあ、どこへ行くかはともかく、襲ったのはいずれかの職人で、いきなり天秤棒で打ってかかって来たとか」

「あたしもそれを聞き、驚いたのです。で、そのご常連のお方は？」

「打ちどころが悪かったのか、一撃で即死だったそうで」

お勢の問いに門前屋の番頭は応える。

仙左も問いを入れる。

「襲ったという職人姿は！？」

「一言も発せず、打込むなり闇のなかへ。いったい、なんだったんでしょうねえ。永代亭のお手代さんも、首をかしげておいででしたよ。物盗《ものと》りか恨みからかも分からないまま、ともかく門前仲町の自身番からお奉行所と殺されたお客さんのお屋敷に人が走ったそうですよ。おっつけあの自身番、忙しくなるでしょうねえ」

門前屋の番頭は言う。

町々の自身番は行政の通達や犯罪の取締りで奉行所の差配を受けているが、どの町も町内の大店《おおだな》や地主たちで構成される町役たちによって運営されている。だから〝自身番〟というのだが、料亭の永代亭は町役だが、宿屋の門前屋はそうではないようだ。

永代亭は事件処理の初手《しょて》から自身番扱いとしたのだから、事件に遭遇した料亭として、実に鮮やかな処理といえよう。

「実はあたしたち、いままで永代亭さんに上がっていたのですよ。不意に騒がしくなり、そこにいるより門前屋さんに戻ったほうが落ち着くと思いましてね」

と、お勢は永代亭の提灯をかざした。

「永代亭の小僧さんが、道案内に立ってくれやしてね」

お勢の言葉に仙左がつないだ。門前屋では番頭が、

「それは、それは。ともかくお部屋のほうへ。一階の奥でございましたねえ」

と、番頭はお勢の〝門前屋に戻ったほうが落ち着く〟との言葉に気をよくしたか、部屋への案内に立った。

部屋には職人の腰切半纏がたたんであり、裏庭には天秤棒と鋳掛道具が置いてある。来たとき仙左はそのいで立ちだったのだ。半纏や天秤棒とともに鋳掛道具があることに、なんら違和感はない。

「ふーっ」

部屋に入るなり、二人は大きく息をつぎ、畳に崩れるように座り込んだ。

思えばこの部屋、きょうの夕刻、暗くなるまえに入り、互いに思い切って出自《しゅつじ》を披露しあい、こたびの成敗が、実の姉弟《きょうだい》による初仕事であることを確認してから、まだ数刻も経ていない。

お勢がぽつりと言った。

「永代亭さん、世間の目を気にしてくれましたね」

「さすが、客商売の料亭でさあ」

仙左も短く返した。

ここに二人はようやくこたびの舞台に、

（幕を下ろしてもいいか）

思えてきた。それほど二人は慎重だったのだ。

いずれの料亭でも旅籠でも、事件があれば極力、客に影響が及び迷惑がかかるのを防ごうとする。ましてこたびの事件は外で起きたのだ。門前屋の一同は、永代亭がお勢たちを匆々《そうそう》に帰したことを納得し、あるじなどは、

「さすが永代亭さん」

と、感心するように言ったものである。

やがて奉行所の役人は、永代亭の手代からようすを訊き、天秤棒の職人姿が本物の職人であったのか、疑問を持つだろう。手口があまりにも鮮《あざ》やかだったのだ。

仙左にとって、悪いことではない。

すぐ近くで時間もおなじころ、もう一件の殺しがあった。永代亭の者は、二人が主従であることを証言するだろう。町方の奉行所は、

――武家屋敷のいざこざであり、支配の外
と、事件から手を引くだろう。

扱うのは吉岡勇三郎たち目付となる。もちろん吉岡が担当になるかどうかは分からない。いずれが担当しようが、殺されたのは小普請組の松波作兵衛とその用人の太井五郎市だ。

――松波屋敷の内部は不可解なり
と、面倒な探索などせず、これにて一件落着となるだろう。

ただ松波家主従は、

『いい死に方をしなかった』

と、語られるだろう。

お勢と仙左は、明確にではないがそこまで予測し、こたびの策を実行したのだ。

すっかり深夜になっている。いかに門前町といえど、起きている者はもういないだろう。

「仙左さん」

お勢は行燈《あんどん》の灯りのなかに、視線を仙左に向けた。呼びかけの言葉はこれまでとおなじでも、気持ちは異なる。仙左はそれを感じ取っていた。肉親の姉《あね》が、弟を呼ぶ響きである。

「へえ、姐《あね》さん」

と、返した仙左の声もそうだった。言葉はこれまでとおなじだが、実の姉を呼ぶ響きがあった。

そのあとに、

「…………」

数呼吸の沈黙がながれたのは、実の姉弟《きょうだい》が一つのコトを成し遂げた、初めて味わう充実感からだった。

お勢がその沈黙を埋めた。

「仙左さん、あなたはこたび、寸分違《すんぶんたが》わず動いてくれました」

「ははは、姐さん。それはよう……」

と、仙左はまた〝姐さん〟を口にした。すでに自然の響きがそこにあった。

「姐さんが終始、永代亭に陣取っていてくれたから、五郎市も作兵衛もそのときどきの動きを掌握できたのでさあ。その動きは、向うさんからここを狙えと教えてくれているようなものでやしたぜ。もし姐さんが慌てたりしていなすったら、わしゃあ、ああも的確に動けやせんでしたよ」

「ほんとうはあたしゃ、これでいいのかと内心ドキドキしていましたのさ。それにしても職人の天秤棒がお武家の眉間にあたり、即死のようだったって、永代亭のお手代さんから聞きましたよ。おまえさん、どこまで凄腕《すごうで》なんでしょうねえ」

「あはは、元忍びの師匠から、相手に苦痛を与えねえのが、最上の技《わざ》として仕込まれたものでやすから」

「まあ、崇高《すうこう》な。でも、難しい技ですねえ」

姉弟の会話が進むなか、
と、仙左はあらたまったように視線をお勢に向けた。

「姐さん」

「なんでしょう」

お勢は緊張を覚え、その視線を受けた。

仙左はつづけた。

「こたびは武家の理不尽を見てしまい、きょうの仕儀《しぎ》になった次第でござんすが、これからご老中の水野忠邦さまの治世で、天保改革が進みやす」

「そうなりましょうねえ」

「お武家の進める改革、あちこちに理不尽が生じるんじゃござんせんかい」

「そう思いますねえ」

「そこに許せねえことがありゃあ……」

「もちろんです。それがあたしたちの性分のようですから。そのときはこたびのように一カ所に陣取っているだけじゃのうて、そなたと一緒に右に左に動きたいものです。そのときはよろしゅうに」

「滅相《めっそう》もねえ」

「で、仙左さん」

と、こんどはお勢が仙左の顔を見つめて言った。

「今宵は深川泊まりでも、あしたは四ツ谷に戻らねばなりません。野間の旦那方の話じゃ、ご老中さまの水野家の横目付が、あたしたちに目をつけているようないないような……」

「へえ、そのようで。聞いておりやす」

「つまりあしたから、水野家の刺客を防ぎながら、武家の理不尽に立ち向かっていかねばなりません」

「分かってまさあ。だからあっしらの生き方、ややこしゅうなるんじゃのうて、おもしろうなるような……」

「そう。それをそなたの口から聞き、ひと安堵しました」

思いはやはり一つだった。

「姐さんもすっかり〝鋳掛屋の天秤棒〞、出しゃばりになりやしたねぇ」

「ふふふ。本物の鋳掛屋が相方《あいかた》じゃ、そうなっても不思議はないでしょう」

「ははは、違《ちげ》えねえ」

しばし笑いのあと、二人はあした四ツ谷に戻ってからの算段に移った。どちらも真剣な表情に戻っていた。

そのなかに仙左は言った。

「なんであっしらが、水野家の横目付から目をつけられなきゃなんねえのか、四ツ谷に帰《けえ》ったら風太郎の旦那に詳しく訊きてえもんでさ」

「話は複雑なようです。ともかくあの旦那方、あたしたちに悪うはしないでしょう。四ツ谷に帰ったときは、あのお方らの言うことに従《したこ》うておきましょう」

お勢は言い、仙左はうなずいていた。

六

翌朝、東の空に陽がいくらか高くなってからだった。

下町のおかみさんを扮《こしら》えたお勢が、大きな風呂敷包みを抱え、旅籠の門前屋の玄関に立った。見送る仙左は腰切半纏の職人姿で、すでに鋳掛屋の長い天秤棒に小火炉や炭箱など鋳掛道具一式を引っかけて担いでいる。お勢の見送りというより、みずからもこれから商いに出る風情だ。

宿に泊まっていた出職の鋳掛屋だけなら、旅籠から見送るのは女中か小僧くらいだろうが、下町のおかみさん風になっていてもお勢が一緒なので、亭主も番頭も見送りに出ていた。

「お二人とも、きのうお越しになったときとおなじですね」

番頭が言ったのへお勢が、

「はい。昨夜はほんとお世話になりました。あたしはこのまま四ツ谷の実家に」

「へへ、あっしはきのう永代寺さんの仕事を手がけやしてね。きょうはそのつづきでさあ」

仙左がつなぐ。

二人ともほんとうのことを話している。

もし昨夜の件で、仙左やお勢に目をつけた者がおり、けさの動きを見張っておれば、二人ともこのあと言ったとおりの動きをとるのだから、たちまち疑いを解くことになるだろう。これも昨夜、お勢と仙左が話し合ったことなのだ。

「それはそれは、精が出ますことで。またのお越しをお待ちしております」

門前屋の亭主が揉み手をしながら言う。

このあとお勢は四ツ谷に向かい、仙左は永代寺の門前に店開きをし、実際にトンカンの音を近辺に響かせるのだ。

深川を発《た》ったお勢の足が大川（隅田川）下流の永代橋を渡ったころ、陽は中天にはまだ間があるが、東の空にかなり高くなっていた。

四ツ谷から大川を渡って本所に向かうには、上流の両国橋が近道だが、海寄りの深川へは河口に近い下流の永代橋のほうが便利だ。いずれも夏場は夕涼《ゆうすず》みの男女が欄干《らんかん》に点々とつながり、橋のたもとではそば屋や飲み物の屋台が出て、ちょっとした社交の場となる。

すでに朝の雰囲気は過ぎ、そろそろ午《ひる》を感じようかといった時分であり、人々は忙《せわ》しなく行き交い、橋には下駄《げた》や大八車の音が響いている。大きな風呂敷包みに草履《ぞうり》のお勢は、そのながれのなかに歩を取り、永代橋を渡ったところだ。

（仙左さん、いまごろ永代寺さんのご門前か内側で、一心不乱になっているでしょうねえ）

その姿を頼もしそうに想像しながら、草履の歩を進める。ゆっくりでもなく急いでもいない。だが頭の中はめまぐるしくまわっている。仙左のことだけではない。いまお勢の念頭にあるのは、トンカンの音を響かせている姿とともに、仙左が夕刻近くに四ツ谷伊賀町に戻って来たときのことだ。長屋には、もう仙左の部屋はなくなっているのだ。

（甲兵衛旦那、うまく手配してくれているかしら）

すでに長屋のその部屋には、見かけも年齢も仙左に似た新たな者が入り、仙左には別のねぐらが用意されているはずなのだ。


この日、朝から伊賀屋のいつもの部屋に、元徒目付の伊賀屋伊右衛門と甲州屋甲兵衛、それに声をかけた現役の野間風太郎の三人がそろっていた。三人がひたいを寄せ合い、そこへお勢と仙左が加わるのは、このところ連日だった。きのうこの集まりがなかったのは、お勢と仙左が深川へひと晩泊まりで出かけていたからだ。きょうこのあと、お勢と仙左がいつものように加わることになろうが、その時刻はまだ分からない。

きのうの夕刻、風太郎は伊右衛門と甲兵衛へ声をかけるのに、

「――あしたお勢と仙左は、深川でひと仕事を終え、おそらく刻《とき》を違《たが》えて戻ってまいりましょう。二人にとってはこれからの生き方に、大きな節目になるはずです。さあ、それでどうするかです」

伊右衛門も甲兵衛も、その言葉にお勢と仙左への思いやりの籠《こも》っていることを感じ取った。だから朝から集まったのだ。まず迎えるのは、お勢であろう。仙左がコトの成就《じょうじゅ》のあと、現場になった町場で鋳掛屋の仕事をしてから戻って来ることは、風太郎もほぼ予測している。

この日、三人の顔がそろったとき、

「やはり」

と、風太郎は切り出した。

三人はすでにお勢と仙左の出自に見当をつけている。だが二人には、それらしいことを話し、命に関わるかも知れないことはにおわせているが、明確な話はまだ打ち明けていない。だから風太郎は冒頭に〝やはり〟と言ったのだ。

「すべてを話すべきでしょう。われらの推測に間違いはありますまい。ですから二人に、的確な対応をさせるためにも」

風太郎は言うのだ。きょうの朝からの談合は、それを話すためだった。

お勢と仙左に、水野家横目付に命を狙われているという具体的な話を、三人が

あいまいに濁《にご》しているのは、

(相手はいまをときめくご老中さまにあらせられる)

その畏《おそ》れからだった。

──二本松義廉《よしかど》の直系血筋を抹殺せよ
正常とは思えない、水野忠邦の性格をあらわす下命《かめい》ではないか。それを口にするのは、その意志はなくとも、忠邦の狭量《きょうりょう》を公《おおやけ》にすることになる。

(困った)

その思いが幕府組織の一部である、徒目付の三人の胸中に巣喰《すく》っていたのだ。

大名の下命は、取り消しの言葉がない限り、いつまでも生きつづける。忠邦はそのような下命など、なかば忘れているかも知れない。その命を藩の横目付に頼まれ、幕府の命のようにしたのも、忠邦自身ではなく、側近の誰かだったかも知れない。

だが、それを最初に拝命した横目付の石川儀兵衛は、忠義一途《いちず》の士のようだ。探索に目付や町方まで動員する態勢をとったのは、石川儀兵衛が家老あたりに懇願し、泣きついて実現したのだろう。

二十四年間も追いつづけ、目付や町方まで動員するかたちをつくり、いまようやくその血筋の痕跡《こんせき》を四ツ谷伊賀町に見いだした。それもどうやら姉のほうだけではなく、弟まで近くにいる感触を得た。石川儀兵衛は胸中に雀躍《じゃくやく》したことだろう。

それを思えば、現役の徒目付の風太郎ならずとも、隠居の伊右衛門も甲兵衛も落ち着いてはいられない。だから口入屋の甲州屋甲兵衛が、大至急に他所へ仙左のねぐらを探し、お勢とおなじ長屋の部屋には、目くらましになる男を手配したのだ。

きのうきょうの話で、その手筈《てはず》が整っているかどうか、四ツ谷に帰る道すがらお勢は心配だった。

そのお勢が四ツ谷伊賀町に帰りついたのは、陽が中天にさしかかるすこしまえだった。伊賀屋の奥の部屋では、

「二十四年まえのことだ。現在《いま》の忠邦公を揶揄《やゆ》することにはならん」

「水野家の横目付が、なおも二人の命を狙っているのは厳然たる事実だ」

「当人たちの用心のためにも、明確に話さなければなりません」

と、意見がまとまり、三人がひと息入れたところだった。

裏庭の縁側から障子戸《しょうじど》越しに、

「野間さまのお屋敷にお伺いすると、お三方《さんかた》がこちらにおそろいだと聞いたものですから」

お勢の声が入った。

「おぉお、無事戻って来たか。待っておったぞ。さあ、入れ入れ」

風太郎が手を伸ばし、閉めていた障子を開けたとき、廊下側のふすまからも声が入った。伊賀屋の番頭だ。低く抑《おさ》えた声だった。

「いまおもての縁台に、件《くだん》の石川儀兵衛さまが」

「なに！」

驚きの声はこの茶店のあるじ、伊賀屋伊右衛門だった。

裏庭に面した障子戸からはお勢の声が入り、玄関に通じる廊下側のふすまには番頭の、しかも石川儀兵衛が来たとの声が入ったのだ。伊右衛門ならずとも、部屋の一同が驚かないはずがない。いま、水野家横目付の石川儀兵衛がお勢たちの命を狙っていることを、当人たちにはっきり話しておこうと決めたばかりなのだ。

永代橋を渡って四ツ谷伊賀町に戻って来たお勢は、風呂敷包みを長屋の部屋に置くと、まず野間風太郎のこぢんまりとした屋敷に向かった。そこであるじはいま伊賀屋で談合中だと聞いた。伊賀屋で談合と聞けば、その顔ぶれも部屋も分かる。お勢は裏手から入り、縁側越しに障子戸に声をかけたのだ。

だから表玄関から訪《おとな》いを入れた石川儀兵衛とは、顔を合わせていない。遊び人に扮した中間《ちゅうげん》はお勢の顔を確認しているが、石川儀兵衛とお勢は、まだ面識はないのだ。だが顔を合わせれば、互いに感じるものはあるだろう。

番頭は廊下からふすまを開け、顔だけ部屋に入れ、声を殺して言う。

「石川さまは相変わらず身分も名も名乗らないまま、奥の部屋を所望《しょもう》されましたので、あいにくいま町内の旦那衆の集まりでふさがっておりますと申し上げましたところ……」

「いかに」

伊右衛門があぐら居のまま上体を前にかたむけ、甲兵衛と風太郎もそれにつづいた。いま来たお勢も事態を覚《さと》ったか、縁側から這《は》うように部屋に入り、すこしでも耳を番頭に近づけようと上体を前にかたむけた。町場のおかみさん風でよかった。これが芸者衣装なら、なんとも乱れた色っぽい姿になったことだろう。

番頭は早口に、かつ低声《こごえ》で言う。

「ならば仕方ない。込み入った話があるわけではない。おもての縁台でよい。ここで待つから亭主を呼べ、と」

伊右衛門は即座に甲兵衛、風太郎と無言のうなずきを交わし、

「すぐ行くと石川さまではない、名の分からぬお武家に伝えよ」

「はっ」

「で、お供の中間は？」

「それが、きょうはお一人にて」

番頭は返すなり腰を上げ、おもてに取って返した。足音がいかにも慌てている

ように聞こえた。番頭は武士の顔を見て驚き、焦《あせ》ったのであろう。だが〝町内の旦那衆の集まり〟とは、とっさの場合によく出たものだ。個人の客なら部屋を移らせろと言うかも知れない。だが〝町内の旦那衆の集まり〟では、つい気おくれしてしまう。さすがは伊右衛門の下で鍛えられたか、気の利く番頭だ。

「それでは、ちょいとお相手を」

伊右衛門は廊下に立ち、番頭のあとを追った。

奥の部屋に落ち着きが戻ったわけではない。さきほどからの緊張がまだつづいている。表の縁台では伊賀屋伊右衛門が、茶店のあるじとしていまだ名も身分も明かさない水野家横目付の石川儀兵衛と対面しようとしている。部屋に残った者は、

（いかなる話になるか）

気を揉まずにはいられない。

部屋にはお勢が新たな顔ぶれとして座に加わっている。松波作兵衛と太井五郎市誅殺の件は、

いま、お勢が話しているはずだ。伊賀屋伊右衛門は、石川儀兵衛と対面しながらも気になる。

（どうなった）

部屋ではお勢が深川での一件より、

「さっき番頭さんの口から石川儀兵衛さまの名が洩れましたが、そのお方って、先日野間さまがおっしゃっていた水野家の横目付さまでしょうか。いかような用件で来られたか存じませぬが、なにやら恐ろしいお方のように感じられます」

甲州屋甲兵衛も野間風太郎も、水野家横目付の石川儀兵衛がお勢と仙左の命を狙っているから、お勢は〝恐ろしい〟と言ったものと解釈した。だが違っていた。考えてみれば、まだ風太郎たちはお勢と仙左に、忠邦の〝二本松家の血筋抹殺〟の下命は、明確には話していないのだ。

お勢は言った。

「石川儀兵衛さまと申されましたか。一筋縄《ひとすじなわ》ではいかぬ、ずいぶんと恐ろしいお方のようでございますねえ」

くり返し、

「いえ、水野家の横目付だからと言っているのではありませぬ。町場の茶店を訪《おとな》い、水野家を笠に部屋を空けよなどと無理強《むりじ》いなされず、おもての縁台でもよいと申された由《よし》。ご大家の横目付でありながら、さような柔軟性をお持ちとは、そこが恐ろしいと申し上げているのでございます」

言ったお勢の表情は険《けわ》しかった。すでに成敗した松波作兵衛や太井五郎市とは、別種の不気味さを水野家の横目付に感じていたのだ。

「さすがお勢さん、他人《ひと》の気付かぬところまで、よう見てござる」

甲兵衛が言ったのへ、風太郎も得心したように、

「なるほど、そのとおりだ」

言うと、そのままつづけた。

「実はなあお勢、よく聞け。水野家横目付の石川儀兵衛だが……」

「おっと、それは仙左どんがそろってからにしたほうがいいのではないか。その横目付がおもてに来ていることだし、不要な揉め事が出来《しゅったい》してもまずかろう」

「なんのことでしょう」

怪訝《けげん》な表情になるお勢に甲兵衛はすかさずかぶせた。

「舞台は本所だったかな。まだあの始末の首尾を聞いておらんが」

「ふむ。それがしも早う知りたい」

風太郎も乗ってきた。

一番乗ってきたのは、

「舞台は本所から深川に移りました」

と、お勢自身だった。

「深川？　なにゆえ」

と、甲兵衛は問う。

風太郎もお勢を注視する。

「深川は永代寺の門前仲町でした」

と、お勢は仙左とあうんの呼吸による、互いに違《たが》わぬ連携によって、松波作兵衛と太井五郎市を誅殺、成敗した経緯を語った。

さらにお勢は、

「始末には違いありませんが、仇討ちでもありました」

と、強調した。

聞きながら甲兵衛と風太郎は、幾度も顔を見合わせた。いまおもてに出ている伊右衛門がこの場にいたなら、三人一緒になって顔を見合わせていただろう。

甲兵衛と風太郎は、お勢の話にうなずきながら、

――血筋

その思いを、脳裡に走らせていた。二十四年まえに諫死《かんし》した二本松義廉の血筋の二人が、理不尽な旗本とその家来を、誰に言われることなく世の敵《かたき》として成敗したのだ。

いま伊右衛門は、その血筋を断つように命じられている石川儀兵衛と、おもての縁台で相対している。

七

羽織を着け、刀を腰から外し、縁台に腰かけている。腰に差したまま縁台からはみ出た鞘《さや》に、茶汲み女がつまずく危険はない。どこから見ても、世の常識をわきまえた、静かな武士の姿だ。

「これはこれは、またのお越しで。部屋がとれず、申しわけもございません」

玄関を出た伊右衛門は腰を折り、揉み手をしながら挨拶する。

かの武士、すなわち水野家横目付の石川儀兵衛も軽く腰を浮かせ、

「まえに来たときには、次は中間を遣《つか》わすと言うておきながら、また直《じか》に来たは、ちょいと理由《わけ》ありでのう」

もの言いが実に鄭重になっている。まさに、いま奥の一室でお勢が予測した〝なにやら恐ろしさ〟を覚える姿だ。

伊右衛門の脳裡は、迷うというより混乱した。

まえに来て〝中間を遣わすゆえに〞と言ったすぐあとに、そのときの中間に遊び人風の変装をさせ、伊賀町に探りを入れさせるなど見え透いた手を打ってきた不用心な男が、この者の本体なのか。だからさっき番頭に〝お供の中間は？〞と訊いたのだが、さすがにおなじ中間はつれておらず、一人で来ている。ということは、やはり水野家の横目付として、慎重に構える人物なのか……。にわかに判断はできなかった。

伊右衛門はなおも腰を折ったまま、卑屈《ひくつ》なほどに揉み手をしながら、

「いかような理由《わけ》で？　手前どもにお手伝いできますことなれば、なんなりと」

「あはは。そんなところに立ったままでは話もできんではないか。これへ落ち着かれよ」

と、もう一台ある縁台を手で示した。

茶店のあるじが縁台の武士に、おなじ縁台に腰を据えて応対するなど、奉公人があるじとおなじ畳に座を取るほどあり得ないことなのだ。

「滅相《めっそう》もございません。わたくしめはこのままにて」

「あはは、言うたろう。このままじゃ話しにくうてならぬ。さあ」

儀兵衛はなおも伊右衛門に縁台を勧《すす》める。もし茶店のあるじが武士の客を相手に腰を据えたなら、道行く衆目には不自然に見えよう。ひいてはそこから、

（あのあるじは？）

などと、伊賀町だけに茶店の背景に疑念を持たれかねない。

そうした町場のようすに、石川儀兵衛は無頓着のようだ。やはり大名家の横目付で、町場には疎《うと》いのかも知れない。

伊右衛門は仕方なく、これから出る話に興味を強めながら、

「へえ、お言葉に甘えさせていただきまして……」

と、となりの縁台に思い切り浅く、いまにもずり落ちそうなほどに腰を据えた。これなら往来人から、あるじが客の武士に遠慮しているように見える。

「まあ、よかろう」

儀兵衛は言い、

「実はのう……」

と、ようやく本題に入った。屋内ではお勢が深川の首尾を話し始めたころだ。

儀兵衛は言う。

「わしの知っておる町人がのう、これまでいた屋敷の中間部屋がなじまず、このほど屋敷を出ていずれかの町場にねぐらを置き、そこから通いの奉公をしたいなどと申してのう」

「ほお、それは変わったお方で」

応えながら伊右衛門はドキリとした。甲州屋甲兵衛の手配で、きのうお勢の長屋にひと部屋空き、きょう新しい男が入る手はずになっているのだ。さすがは口入屋をしているだけあって、人探《ひとさが》しも部屋探しも迅速だ。長屋を管理している大家《おおや》は他の町に住んでいるが近くであり、甲兵衛とは昵懇《じっこん》であり、なかば管理を任されてもいる。住人に移動があれば、それが甲兵衛の采配になるものなら、結果をひとこと話すだけでことすむのだ。

空き部屋と住人に急な動きがあるときに、新たな話を儀兵衛が持ち込んできた。時期が合いすぎている。そこに伊右衛門はドキリとしたのだ。

儀兵衛はつづけた。

「そこでじゃ、おぬしは伊賀町で茶店を営《いとな》んでおれば、町内のつき合いもあって空き部屋などの有無《うむ》にも詳しいのではないかの。いまも町内の旦那と呼ばれる者どもが、奥に寄《よ》り合《お》うているというではないか。ひとこと声をかけてもらえぬか。いやいや、いま声をかけたというて、その場《ここ》でいい部屋が見つかるなどと思うてはおらぬ。ただおぬしなら、容易じゃろと思うてな。ともかく四ツ谷御門をはじめ市ケ谷御門、赤坂御門などが近くであれば、武家屋敷への奉公の口も、容易に見つかろうからのう。この四ツ谷伊賀町が最も至便じゃが、町内でなくとも近辺ならそれでもよい」

やはり石川儀兵衛は四ツ谷でも伊賀町にこだわっている。それに、実際いま奥にいる甲兵衛に頼めば、いずれかに空き部屋を探すなど、困難なことではない。仙左の新たなねぐらも、一日で決めているのだ。

石川儀兵衛の用件はこれだけだった。なおも名乗らず屋敷名も伏せている代わりに、部屋が見つかれば道中笠を杖に引っかけ、それを伊賀屋の玄関わきに立てかけておくことまで話し合った。

浅い不安定な座り方は、立っているより疲れる。

見送ったとき、伊右衛門は深く辞儀をし、大きくそり返った。

廊下をすり足で奥へ急いだ。

ひと呼吸でも早くみんなに話したい。水野家横目付の石川儀兵衛が、みょうなことを頼みに来たのだ。

八

廊下の足音に、部屋の一同は固唾《かたず》を呑んだ。

ふすまが開いた。

はたして、

「おぉう」

と、伊賀屋伊右衛門だった。

伊右衛門は座に着きながら言う。

「おもしろいことに、いや、まずいことになってきましたぞ」

「おもしろうてまずい？　いかなることか」

甲州屋甲兵衛が問い返す。

風太郎もお勢もまるで自分が質問したかのように、視線を伊右衛門に釘付けた。

慌てるでもなく落ち着くでもなく、伊右衛門はあぐら居になり、

「水野家横目付の石川儀兵衛どのよ、われらが伊賀町に足溜《あしだま》りを設《もう》けようとしておいでじゃ。それへの合力をわしに頼もうと、きょう来なさった次第じゃ」

言いながら、顔は嗤《わら》っていない。

「なんと！」

甲兵衛は声を上げ、風太郎もお勢も驚きを表情に見せた。

伊右衛門は深刻さを帯びた表情になり、儀兵衛とのやりとりを話した。一同も聞き入りながら、深刻な表情になった。

聞き終え、甲兵衛は返した。

「なるほど、中間を遊び人に仕立てた稚拙《ちせつ》さを反省し、こんどはこの伊賀町か近辺に足溜りを設け、お勢さんの身辺を観察し、仙左どんの所在も探り出そうというのじゃろ。その足溜りに定番《じょうばん》として入るのは、おそらくわれらのまったく知らぬ熟練の者となろうかのう」

「私もそう推察いたします。横目付の石川儀兵衛なる人物、やはりお勢の申したとおり、なかなかの者かと」

　風太郎も感想を述べ、

「二十数年間もあたしたちを追い求めてきたとかいう人ゆえ、それなりの根性はおありなんでしょうねえ」

「お勢、それについてのちほど。仙左が戻って来てから」

　お勢が返したのへ、風太郎はさらに緊張を刷《は》いた表情になった。

　甲兵衛も言った。

「それについてはこのあと、きょうからお勢さんの長屋の住人になる者がおっつけここへ来ることになっておるゆえ、そのとき引き合わせましょう。まったくきようは忙しい日になりました。まだ途中じゃが」

さらにつづける。

「その足溜りじゃが、一両日中《いちりょうじつ》にとはいえぬ。したが、数日中にはなんとか。けっこう難しい問題です。われわれの自然に目の届く範囲で、かつ仙左どんの新たなねぐらから離しておかねばならぬゆえ」

「仙左さんの新たなねぐらは？　それに、後釜《あとがま》に入るお人は……？」

お勢がすかさず問いを入れた。やはり気になるのだ。

その仙左はいま、深川永代寺門前での仕事に一区切りつけ、

「また近《ちけ》えうちに来させてもらいまさあ。そのときもご贔屓《ひいき》に」

と、庫裡に声を入れ、小火炉の火を落としにかかったところだった。仙左もきょうは早めに切り上げる算段で仕事にかかり、炭火も多くは熾《おこ》していなかった。

甲兵衛は急《せ》かすようなお勢の問いに、顔の前で手の平をひらひらと振り、

「あとであとで、順番に、順番に。きょうはもう目まぐるしい上に、水野家横目付どのの直々《じきじき》のお越しという予期せぬコトまであり、もう目がまわりそうじゃわ

い。それにしても、配下の者を住みつかせるのに横目付どのが直《じか》にお越しとは、尋常ではないぞ」

これには直接対応した伊右衛門が、大きくうなずいた。

そこへまた伊賀屋の番頭が、来客があると告げに来た。茶店の伊賀屋伊右衛門にではなく口入屋の甲兵衛への客で、甲州屋の番頭も一緒に来ていた。

甲兵衛には誰が来たかすぐに分かり、

「そうかそうか、来たか。すぐここへ通してくだされ」

伊賀屋の番頭に頼むと、男は甲州屋の番頭と一緒にもう部屋のふすまの前まで来ていた。さっそく部屋に招き入れ、

「さあ、引き合わせましょうぞ」

甲兵衛は男を部屋に招き入れ、板敷に端座の姿勢を取らせた。一同にもそれが誰かすぐに分かった。なるほど水野家横目付への目くらましになりそうな、仙左と紛《まぎ》らわしい年格好の男だ。

「この者がすなわち、きょうから裏手の長屋の住人になる……」

「へえ、矢之市《やのいち》と申しやす。歳は二十歳《はたち》に五つほど重ねやして、かわら版を刷ったり売ったりを飯の種《たね》にしておりやす。以後よろしゅうおたの申しやす」

甲兵衛の引き合わせを自分で引き取り、自己紹介をするように名乗った。仙左ほど精悍《せいかん》ではないが、目と口が大きく口八丁手八丁を感じさせ、歳も二十五歳と仙左とおない年ではないか。

いまわずかばかりの荷物を長屋の一番奥の部屋に運び込み、一段落ついたところで甲州屋へ挨拶を入れると、

「甲兵衛旦那はこちらと聞きやしたもので、へえ」

縁台で伊右衛門と話し込んでいた石川儀兵衛と、よく鉢合《はちあ》わせにならなかったものだ。もっとも伊賀屋と甲州屋の番頭が、うまく話し合ってのことだったが。

お勢を引き合わされたとき、長屋のおかみさん風を拵《こしら》えていたから、

「へえ、よろしゅうに」

と、矢之市はぴょこりと頭を下げただけだったが、その艶《あで》やかさに目を瞠《みは》り、掃溜《はきだ》めに鶴を感じるのに数日を経ないだろう。

「暗くならねえうちに、部屋の片づけなどもしておかねばなりやせんので」

と、引き合わせが終わると、矢之市は匆々《そうそう》に伊賀屋を引き揚げた。

かわら版などといった、地に足のつかないものを生業《なりわい》にしているとは、町方の同心や岡っ引なら顔も知っていようが、目付の系統では支配違いで、馴染みはなかった。

「甲兵衛さん、よくあんな紛らわしい男《の》をご存じでしたねえ」

と、風太郎は感心するように言った。

「なあに、徒目付を隠居し、いまの口入れ稼業を始めてから知ったのさ。なかなかおもしろそうな商いゆえなあ」

甲兵衛は言った。

これまで矢之市はおなじ四ツ谷でも内藤新宿《ないとうしんじゅく》に近い裏店にねぐらを置き、かわら版屋をやっていた。そこに甲兵衛は興味を持ち、こたびちょいと声をかけたのだ。伊賀町なら四ツ谷御門や市ケ谷御門にも近く、かわら版屋を生業にするならそのほうが便利そうだといって、二つ返事で応じたという。

お勢も言った。

「あれなら水野さまへじゅうぶんな目くらましになり、それにお仕事も珍しく、おもしろそうじゃありませんか」

と、興味を示したのも、世間一般とはいささか離れた芸者稼業に生きるお勢だからであろう。あとは地に足のついた職人稼業の仙左が、かわら版屋をどうみるかである。世間はコトあるごとに出まわるかわら版をおもしろがるが、それを生業にしている者に親しみを感じるかどうかは別問題だ。

そこが気になったか、

「仙左どんはきょう、いつごろ帰って来ますかな」

と、仙左の新たなねぐらも手配した甲兵衛が、お勢に視線を向けた。風太郎と伊右衛門の視線もそれにつづいた。

お勢は言った。

「きょうの鋳掛仕事は永代寺さんの分だけで、匆々に店じまいをして、明るいうちに戻るって言ってました。陽はとっくに中天を過ぎているようですから、いまごろトンカンの手をとめ、小火炉の炭火を落としはじめたころかも知れません」

実際、そうだった。

(今夜から俺のねぐら、どこになるんでえ)

などと思いながら、最初から少なめにしていた小火炉の炭火に水をかけていた。

お勢はつづけた。

「仙左さんにはきょう伊賀町に戻って来ても、もう長屋に部屋はないのだから、ともかく伊賀屋《ここ》へ顔を出すようにと言ってあります」

「ふむ。それでよい」

伊右衛門が言い、甲兵衛もうなずいていた。

伊賀屋の裏手の勝手口を出れば、そこはもう広小路を挟んでお勢たちの長屋の前だ。他所から長屋に帰って来た者には、ちょいと足の向きを変えればそこが伊賀屋の裏手となる。

きょう伊賀屋伊右衛門がいまのこの顔ぶれを集め、水野家横目付の石川儀兵衛が伊賀町に足溜りを設けたがっている話を披露したとき、

（仙左の抜けたあの部屋に）

と、誰しもが思ったものである。そこほど逆に見張りやすい〝敵〟の拠点はない。だがそこには水野家横目付への目くらましに、きょうかわら版屋の矢之市が入ったばかりだ。さいわい矢之市は自分がそんな価値を帯びて長屋に入ったなど、まだ聞かされていない。こたびの家移りは、甲州屋甲兵衛の親切心からだと思っている。それを入った初日に場所替えを言ったのでは矢之市は不審に思い、向後《こうご》のお勢や甲州屋とのつき合いにも齟齬《そご》を来たそうか。

あと長屋の住人は子供が一人いる大工の家族、隠居したそば屋の老夫婦、歳経《としふ》った八卦見の爺さんである。そこにお勢も加わり、長屋は和気藹々《わきあいあい》とした雰囲気なのだ。だからその三世帯の一軒にでも明け渡しを強要すればひと悶着《もんちゃく》起き、以後長屋はぎくしゃくした雰囲気になって、お勢には住みにくくなり、矢之市も、

（この長屋はいってえなんなんでえ）

などと思い、水野家横目付への目くらましにもならなくなるかも知れない。

一同はそれらを即座に勘案《かんあん》し、甲兵衛の〝数日中になんとか〟という言葉にな

ったのだ。いかに甲州屋甲兵衛でも、新たな立地のいい空き部屋を見つけるのに〝数日〟は必要だ。

陽はすでに西の空に大きくかたむいているが、仙左が長めの天秤棒を担いで帰って来るまでには、まだかなり間がありそうだ。座はひとまずお開《ひら》きにし、ころあいを見てまた集まることにした。そのときには、仙左も座に加わっているだろう。

一同が腰を上げるとき、お勢が言った。下町のおかみさん姿である。

「ちょいと矢之市さんの部屋、見て来ましょうかねえ」

「初日から役務《えきむ》を感づかれるようなことなど、しないようにお願いしますよ」

甲兵衛が言ったのへお勢が返した。

「あらあら、信用のないお言葉。間接的ですけど、あの者をとおして水野家の動向を探る一環とするのは、このあたしなんですからね。皆さんのほうこそ、のぞきに来て不審がられたりしないよう気をつけてくださいましねえ」

長屋のおかみさんとは思えない言葉だ。

「これは一本取られましたなあ。これからの主役はお勢さんのほうですからねえ」

伊右衛門が応え、風太郎はうなずき、甲兵衛は苦笑した。

あとは仙左の帰りを待つばかりである。

九

お勢は来たときとおなじ裏手から伊賀屋を出た。すぐ目の前が長屋だ。

(さっきあんなこと言ったけど、やはりちょいとのぞいてみようかしら)

思い、一番手前の自分の部屋の前を通り過ぎ、長屋の路地を奥に向かった。

大工の女房が、

「ちょいとちょいと、お勢さん!」

勢いよく腰高障子を引き開け、飛び出てきた。

「お勢さん、知ってるっ?　きょう仙左さんのあと釜に越して来たお人、矢之市さんさ。さっきここで伊賀屋のお手代さんから引き合わされたけど、かわら版屋さんだっていうじゃないか。そんなのがおなじ長屋に……、驚きさね」

ともかく大工の女房は、これまでとは毛色の異なる住人が入ったことを、誰でもいいから話題にしたかったようだ。

「ああ、さっき伊賀屋さんで引き合わされたけど、元気そうなお人ですねえ。かわら版屋さん、どうなりますことやらねえ。いまいるようですか、ちょいとのぞいてみようと思って」

「さっきまで忙《せわ》しなく障子戸を出たり入ったりしてたけど、いまどっかへ行ってるみたいよ」

「あらそう。だったらのぞくのはあとにして」

と、きびすを返し、自分の部屋に戻ろうとするのへ、

「それよりもちょいとお勢さん。仙左さんはどうなったのさ。きのう泊まりがけで遠出《とおで》の仕事だと言って、まだ帰ってないけど、どういうことなんだね。留守中に甲州屋さんのお人が来て、蒲団《ふとん》や少しばかりの品々を運び出し、そこへすぐか

わら版屋さんが入るなんて、事情《わけ》が分からないよ。仙左さんて、あんたの弟さんみたいな人じゃないか。いったい、なにがどうなってんだろうねえ。知らないかね」

さすが甲州屋で、男所帯で蒲団以外にかさばる家財はないとはいえ、二つの家移りを一日でまとめてしまったようだ。このぶんだと、水野家横目付の足溜りも、三日と経ずに決めてしまいそうだ。

「仙左さんの新たなねぐら、どこかこのあと甲州屋さんに訊いておきましょうかねえ。あたしも気になってるんですよ。そう遠くはないと思いますけど」

言いながらお勢は自分の部屋に戻った。

きのうきょうは疲れた。

仙左が今宵から別のねぐらに移り、きのうまでの仙左の部屋に目くらましのかわら版屋が入り、すぐ近くに石川儀兵衛の足溜りができる。

この新たな環境のなかに、

(息の合った姉弟《きょうだい》でしか処理し得ない仕事が……)

そんな予感をお勢は脳裡にめぐらせていた。

長屋の畳に横座りになり、しばらく心身を休めた。

陽はすでに西の空に大きくかたむいている。

(仙左さん、もうそろそろ……)

思い、腰を上げふたたび伊賀屋の勝手門に向かった。

二人は息が合っていた。勝手門に錠は下りていない。錠をかけるのは夜だけだ。勝手門だから勝手に開けて入ると、すぐそこに仙左の長い天秤棒が立てかけてあった。鋳掛道具もひとまとまりになって脇に置いてある。

母屋の勝手口から手代が顔をのぞかせ、

「これはお勢さん、ちょうどよござんした。これから呼びに行こうと思っていたんですよ。いまさっき仙左さんが戻って来なさって」

「あーら、あたしもそう思いましてねえ」

と、ほんの短い距離だがお勢は足を速めた。

いつもの部屋、玄関から入れば廊下の一番奥になるが、裏手からなら一番手前になる。

仙左はすでに部屋にあぐらを組み、伊賀屋伊右衛門から伊賀町のきのうきょうのながれを聞いていた。仙左から話すものはなにもない。あるとすれば松波作兵衛と太井五郎市の件だけだが、それもお勢がすでに話している。

部屋に入ったお勢に仙左は、

「姐《あね》さん」

と、緊張した表情を見せた。話がちょうど、水野家横目付の石川儀兵衛が身分を伏せたまま伊賀屋に来て、足溜りを設けようとしているところにかかっていたのだ。お勢にもそれは衝撃だったが、仙左にも衝撃だった。深川から四ツ谷に歩を踏みながら、ずっと脳裡を離れなかったのだが、これで自分たちがつけ狙われていることが、ほぼ明らかになったのだ。

甲州屋甲兵衛と野間風太郎も膝をそろえたのは、このあとすぐだった。のっけから石川儀兵衛がふたたび伊賀町に来た話が主題となり、お勢と仙左のそろった部屋には、重苦しい空気が張り詰めた。

風太郎がそこに言った。

「この話、伊右衛門どのか甲兵衛どのにお願いしとうございます。なにぶん二十四年まえのことでござれば、それがしはまた幼少で、ご両所のほうが現役で断然詳しいはずゆえ」

「そういうことになるかのう」

商人姿だが武家言葉で応じたのは、伊賀屋伊右衛門だった。この瞬間に伊右衛門は、徒目付の現役時代に戻った。甲州屋甲兵衛も同様だ。うなずくだけでなく、伊右衛門と交互に二十四年まえの水野家の出来事《しゅったいじ》を語り始めた。

水野家の当主忠邦は、おのれの出世欲のため領地替えや幕閣要路への賄賂《まいない》、年貢の引き上げなどで、家臣団にも領民にも多大の犠牲を強いていた。それを家老の二本松義廉《よしかど》が意見し、諫死《かんし》した。若かった忠邦は激怒し〝義廉の直系血筋を根絶やしにせよ〟と、藩内の横目付に命じた。

このことはすでに伊右衛門も甲兵衛も、〝根絶やし〟の部分はぼかしていたが、概略はこの部屋で話している。それによってお勢と仙左は、おのれの出自を推察できたのだ。

いまここに伊右衛門と甲兵衛は、

「忠邦公におかれては、いまはどうか分からぬが……」

と、前置きし、

「諫死した家臣の血筋を根絶やしにせよなどは、狭量《きょうりょう》と言うほかない。そのときのご下命は、理不尽であってもいまなお生きておる」

と、水野家の横目付がお勢と仙左の命を狙っていることを、包み隠さず語った。

言われた二人にとっては、これまでそれを感じ取ってはいても、いま明瞭に断言されたのでは、やはり衝撃である。

「それはすでに分かっていたことです」

「そうでさあ。とっくに承知の上で」

と、お勢も仙左も冷静を装《よそお》って言ったのは、衝撃を少しでもやわらげようとするための強がりだった。

お勢に目をつけた石川儀兵衛が、弟のほうも探り出そうと手を打って来たのへ、伊右衛門、甲兵衛、風太郎たちが講じる家移りなど防御の策に、二人がすんなりと従っているのも、水野家の刺客を深く警戒しているからにほかならない。自然を装って、防御のかたちをととのえるためである。

これより四ツ谷伊賀町とその近辺では、水野家横目付と幕府組織である徒目付の隠居たちとの、目に見えない攻防が展開されることになろうか。

ようやく仙左はきょう一日気になっていたことを、甲兵衛に質《ただ》した。

「で、あっしの今夜からのねぐらはどこですかい」

「おう、それそれ。きょう午前《ひるまえ》に決まったばかりでなあ。おなじ四ツ谷で伝馬《てんま》町《ちょう》の長屋だ。造《つく》りは伊賀町のいまの長屋とおなじ五世帯用の裏店《うらだな》だ」

「ほう、そいつはいい」

仙左は言い、お勢も内心ホッとした。伝馬町は伊賀町の東どなりで、ほんの一歩四ツ谷御門に近い。町は伊賀町とおなじで、江戸城の西手の守りとして伊賀者の屋敷が建ち始めたころ、伊賀者に付随し馬で荷や書状を運ぶ伝馬衆が商舗《みせ》を構え始めた。その名残りが町の名に、四ツ谷伝馬町として残ったのだ。

町には現在《いま》も伝馬業者が数多く暖簾を張っている。大家が伊賀町の長屋とおなじだったので、甲州屋甲兵衛には探しやすかったようだ。

一両日中に水野家横目付の足溜りも決まるだろう。すでに甲兵衛が、伊右衛門やお勢、風太郎たちも話し合った立地の条件に適《かな》う部屋を探している。部屋を見つければ、石川儀兵衛があらためて検分に来ようか。

仙左は一同の前で、つぶやくように言った。

「そやつ、水野家の横目付かい。来りゃあ、一度会ってみてえぜ」

実は仙左、一度会っている。

まだ芝田町《しばたまち》に、ねぐらを置いていたときだ。水野家の中屋敷から声がかかり、屋敷に入り中間《ちゅうげん》との世間話で〝二十数年まえ〟の一件が話題になった。それがたまたま通りかかった藩士の耳に入り、〝このような者を屋敷に入れてはならぬ〟と、外に追い出された。これも、仙左が芝田町から四ツ谷に移り住むきっかけの一つになった。その伊賀町の長屋にお勢がいて、町内には風太郎、伊右衛門、甲兵衛がいたのだ。

このとき、芝田町の水野家中屋敷から鋳掛屋の仙左を追い出した藩士が、横目付の石川儀兵衛だったのだ。儀兵衛はそのようなことなどいちいち覚えていないだろうが、仙左はつり上がった細い目の藩士の顔を覚えている。会えば、

『あっ、あのときの！』

と、気がつこうか。特徴のある、冷たい面相だったのだ。

会う日は、意外と近いかも知れない。

当然ながら、いま仙左の脳裡にその日はない。あるのは今宵からの新たなねぐらでの日々である。

そのことも話題になり、伊賀屋の奥の部屋での談合はつづいている。

仙左の新たなねぐらがおなじ四ツ谷で、すぐとなりの伝馬町だったことに、お勢はひと安堵を得た。

その安堵のなかにお勢は言った。

「世間ではこれから天保のご改革が始まれば、武家の理不尽もまた、随所に現れましょうねぇ」

「なかには、捨て置けねえこともよう」

仙左が短く返すと、部屋にはそのほうへの緊張も走った。

お勢と仙左の目が合った。かすかにうなずきを交わした。

それに気づいた伊賀屋伊右衛門が、武家言葉で言った。

「おぬしら、まっこと血筋よのう」

「これがほんとうの〝鋳掛屋の天秤棒〟などと言えば、一本松家の嫡流《ちゃくりゅう》に悪いかのう」

と、甲兵衛がつないだのへ、現役徒目付の野間風太郎がつづけた。

「いや、まったく言い得て妙《みょう》なりでございます」

徒目付としては堅物《かたぶつ》の現役の脳が、やわらいだのかも知れない。

しかし、座の雰囲気までやわらぐことはなかった。一同はあすからの攻防に思いを馳せているのだ。

本所の松波屋敷の女中頭が、苦渋の表情でお勢を訪ねて来たのは、その翌日だった。奥方が実家に帰り、屋敷を統《す》べる者がいなくなったという。そこに五人ばかりの奉公人が取り残されたらしい。甲州屋がそれらをいずれかに口入れすることになった。帰るとき、女中頭は安堵の表情になっていた。

甲州屋甲兵衛はお勢に言った。

「奉公人のあとの面倒をみる。大事なことです。これからもそなたと仙左どんの働きで、こうしたことが起こりましょうかなあ」

お勢は返した。

「その節はよろしゅうに」

天保十二年（一八四一）、夏の盛りだった皐月《さつき》（五月）が、ようやく過ぎようとしていた。

この作品は徳間文庫のために書下されました。

徳間文庫

仙左とお勢 裏裁き

悪《あく》逆《ぎゃく》旗《はた》本《もと》

2023年11月15日 初刷

著者 喜《き》安《やす》幸《ゆき》夫《お》

発行者 小宮英行

発行所 株式会社徳間書店

東京都品川区上大崎三－一－一 〒141－8202
目黒セントラルスクエア

電話 編集〇三(五四〇三)四三四九
販売〇四九(二九三)五五二一

振替 〇〇一四〇－〇－四四三九二

印刷
製本 大日本印刷株式会社

ISBN978-4-19-894901-3 (乱丁、落丁本はお取りかえいたします)

徳間文庫の好評既刊

佐藤恵秋

三楽の犬

書下し

関東は名だたる武将たちが熾烈《しれつ》な戦いを繰り広げていた。関東管領《かんれい》山内《やまのうち》上杉《うえすぎ》憲実《のりざね》が北条《ほうじょう》氏攻略のために招集した河越城《かわごえじょう》攻めの大軍勢はもろくも瓦解《がかい》する。憲実が迷走する中、名将・太田《おおた》道灌《どうかん》の血筋を汲《く》む太田資正《すけまさ》（三楽《さんらく》）は公方《くぼう》方と北条方の狭間《はざま》で苦闘するのだった。資正の手足として太田犬之助《けんのすけ》は二匹の山犬の仔《こ》を訓練して、敵地への斥候《せっこう》や使番《つかいばん》などに励む。激動の室町末期を描く戦国冒険活劇！

徳間文庫の好評既刊

佐藤恵秋

雑賀《さいか》の女鉄砲撃ち

紀州雑賀《きしゅうさいか》は宮郷《みやごう》の太田左近《おおたさこん》の末娘・蛍《ほたる》は、鉄砲に魅せられ射撃術の研鑽《けんさん》に生涯をかける。雑賀衆は、すぐれた射手を輩出する鉄砲集団だ。武田の侵攻に対し織田信長が鉄砲三千挺《ちょう》を揃えたと聞いた蛍は、左近に無断で実見に赴《おもむ》き、三州長篠《さんしゅうながしの》で武田騎馬隊が粉砕される様子を目《ま》の当たりにした！　信長、家康を助け、秀吉、雑賀孫一《まごいち》と対立。戦国を駆け抜けた蛍はじめ四姉妹の活躍を描く歴史時代冒険活劇。

徳間文庫の好評既刊

沖田正午

博徒大名伊丹一家

書下し

出羽《でわ》国松越《まつこし》藩の外様《とざま》大名・伊丹《いたみ》阿波守《あわのかみ》長盛《ながもり》が、継嗣《けいし》のないまま急逝《きゅうせい》した。このままでは御家は無嗣子改易《むししかいえき》の憂《う》き目に遭う。長盛の「深川黒江町《ふかがわくろえちょう》に跡継ぎが」というまわの際の言葉に、江戸家老高川監物《たかがわけんもつ》たちは必死の探索を続ける。そしてようやく探し当てた男は、なんと二百人の配下を持つ博徒《ばくと》の親分だった！ 裸一貫のどん底から這いあがった破天荒な男の、気風《きっぷ》と度胸とほとばしる才覚の物語！